Selma Lagerlöf

Die Silbergrube

und andere Erzählungen aus Schweden

Übersetzt von Marie Franzos

und Pauline Klaiber-Gottschau

Selma Lagerlöf: Die Silbergrube und andere Erzählungen aus Schweden

Übersetzt von Marie Franzos und Pauline Klaiber-Gottschau.

Neuausgabe
Herausgegeben von Karl-Maria Guth
Berlin 2016

Umschlaggestaltung von Thomas Schultz-Overhage

Gesetzt aus der Minion Pro, 11 pt

Verlag: Henricus - Edition Deutsche Klassik GmbH
Mörchinger Str. 33, 14169 Berlin, info@henricus-verlag.de
Druck: Libri Plureos GmbH, Friedensallee 273, 22763 Hamburg

ISBN 978-3-8430-9317-0

Bibliografische Information der Deutschen Nationalbibliothek

Die Deutsche Nationalbibliothek verzeichnet diese Publikation in der Deutschen Nationalbibliografie; detaillierte bibliografische Daten sind im Internet über www.dnb.de abrufbar.

Inhalt

Die Silbergrube

König Gustav III. machte eine Reise durch Dalekarlien. Er hatte es eilig und wollte den ganzen Weg wie im Flug durchfahren. Und als sie mit solcher Eile dahinrasten, daß die Pferde wie gestreckte Riemen den Weg entlang lagen und der Wagen an den Biegungen auf zwei Rädern stand, da steckte der König den Kopf durchs Wagenfenster und rief dem Kutscher zu: »Warum sputet er sich denn nicht? Glaubt er etwa, daß er eine Eierschale fährt?«

Da sie in so toller Hast über schlechte Landstraßen fuhren, wäre es beinahe ein Wunder gewesen, wenn Zaumzeug und Wagen gehalten hätten. Das konnten sie denn auch nicht; am Fuße eines steilen Hügels brach die Deichselstange, und da saß nun der König. Des Königs Kavaliere sprangen aus dem Wagen und schalten den Kutscher, aber das machte den Schaden nicht geringer. Es gab keine Möglichkeit für den König, die Reise fortzusetzen, ehe nicht der Wagen instand gesetzt war.

Als die Hofherren sich umsahen, um etwas ausfindig zu machen, was den König zerstreuen könnte, indes er wartete, sahen sie aus einem Gehölz, das ein Stück weit am Wege lag, einen Kirchturm aufragen. Sie schlugen dem König vor, sich in einen der Wagen zu setzen, in denen der Hofstaat fuhr, und zur Kirche zu fahren. Sonntag war es, und der König könnte ja dem Gottesdienst beiwohnen, damit die Zeit verginge, bis die große königliche Karosse fertig wäre.

Der König ging auf den Vorschlag ein und fuhr zur Kirche. Vorher war der König viele Stunden lang durch dunkle Waldgegenden gefahren, hier sah es fröhlicher aus; große Felder und Dörfer und der Dalstrom, der hell und prächtig zwischen gewaltigen Massen von Erlengebüsch dahinglitt.

Nur hatte der König insofern Unglück, als der Küster gerade in dem Augenblick, in dem der König auf dem Kirchenhügel aus dem Wagen stieg, den Schlußpsalm anstimmte und das Volk schon die Kirche zu verlassen begann. Als die Menschen so an ihm vorübergingen, blieb der König mit dem einen Fuß im Wagen und dem andern auf dem Trittbrett stehen und rührte sich nicht vom Fleck, sondern betrachtete sie. Das waren die schmucksten Leute, die der König je gesehen hatte. Die Burschen waren alle über gewöhnliche Manneshöhe, mit klugen, ernsten

Gesichtern, und die Frauen kamen so stattlich und würdig gegangen, daß der König fand, es könnte ihnen wohl anstehen, im feinsten Schloß zu wohnen.

Den ganzen vorhergehenden Tag hatte sich der König vor der öden Gegend geängstigt, durch die er gekommen war, und er hatte einmal übers andre zu seinen Kavalieren gesagt: »Jetzt fahre ich gewiß durch den allerärmsten Teil meines Reichs.« Aber als er nun das Volk in der schmucken Kirchspieltracht sah, da vergaß er, an Armut zu denken. Es wurde ihm im Gegenteil warm ums Herz, und er sagte zu sich selbst: »Mit dem König von Schweden steht es nicht so schlimm, wie seine Feinde glauben. So lange meine Untertanen so aussehen, werde ich wohl noch imstande sein, meinen Glauben und mein Land zu verteidigen.«

Er befahl den Hofherren, dem Volk zu verkündigen, daß der Fremde, der mitten unter ihnen stünde, ihr König sei, und daß sie sich um ihn versammeln sollten, damit er zu ihnen reden könne.

Und nun hielt der König eine Ansprache an das Volk. Er sprach von der hohen Treppe vor der Sakristei, und die schmale Treppenstufe, auf der er stand, ist noch heute erhalten.

Der König begann darzulegen, wie schlimm es im Reiche stünde. Er sagte, daß die Schweden von den Russen und Dänen mit Krieg bedrängt würden. Dies wäre unter andern Umständen nicht so gefährlich, aber im Kriegsheere gäbe es viele Verräter, und der König habe keine Armee, auf die er sich verlassen könne. Darum sei ihm nichts übrig geblieben, als selbst hinaus in die Provinzen zu ziehen und seine Untertanen zu fragen, ob sie sich den Verrätern anschließen, oder dem König treu sein und ihm mit Leuten und Geld helfen wollten, das Vaterland zu befreien.

Die Bauern verhielten sich ganz still, während der König sprach, und als er geschlossen hatte, gaben sie kein Zeichen der Zustimmung oder des Mißfallens.

Dem König schien es selbst, daß er sehr beredt gewesen sei. Die Tränen waren ihm mehrere Male in die Augen getreten, während er gesprochen hatte. Aber als die Bauern noch immer ängstlich und unschlüssig dastanden und sich nicht entschließen konnten, ihm zu antworten, runzelte er die Stirn und sah mißvergnügt drein.

Die Bauern begriffen, daß es dem König schwer fallen müßte, zu warten, und endlich trat einer von ihnen aus der Menge hervor.

»Nun mußt Du wissen, König Gustav, daß wir heute keinen Königsbesuch im Kirchspiel erwarteten«, sagte der Bauer, »und darum sind wir auch nicht sogleich bereit, Dir zu antworten. Ich will Dir raten, daß Du in die Sakristei gehst und mit unserm Pfarrer sprichst, während wir miteinander das beratschlagen, was Du uns vorgelegt hast.«

Der König begriff, daß er fürs erste keinen besseren Bescheid erlangen könne, und fand es am klügsten, den Rat des Bauern zu befolgen. Als er in die Sakristei kam, war niemand da außer einem, der wie ein alter Bauer aussah. Er war groß und grobknochig, mit derben Händen, die von harter Arbeit schwielig waren, und trug weder Kragen noch Mantel, sondern Lederhosen und einen langen, weißen Schafpelz wie alle die andern Männer.

Er stand auf und verneigte sich vor dem König, als dieser eintrat.

»Ich glaubte, ich würde den Pfarrer hier finden«, sagte der König.

Der andre wurde ein wenig rot. Er fand es peinlich, zu sagen, daß er selbst der Seelsorger dieser Gemeinde sei, da er sah, daß der König ihn für einen Bauer hielt.

»Ja, der Pfarrer pflegt um diese Zeit hier zu sein«, sagte er.

Der König ließ sich in einem großen, hocharmigen Lehnstuhl nieder, der dazumal in der Sakristei stand und noch heutigen Tags dasteht und ganz unverändert ist; nur eine vergoldete königliche Krone hat die Gemeinde an der Rückenlehne anbringen lassen.

»Habt Ihr einen guten Pfarrer hier im Kirchspiel?« fragte der König. Er wollte versuchen, Anteilnahme an dem Schicksal der Bauern zu zeigen.

Als der König ihn so fragte, schien es dem Pastor unmöglich, zu sagen, wer er sei. Es ist besser, der König bleibt bei seinem Glauben, daß ich nur ein Bauer bin, dachte er und antwortete, der Pfarrer sei gut genug. Er predige Gottes Wort rein und klar, und er versuche zu leben, wie er lehre.

Der König fand, dies sei eine gute Auskunft, aber er hatte ein scharfes Ohr und merkte ein gewisses Zögern im Ton.

»Das klingt so, als wäre er doch nicht so recht mit dem Pfarrer zufrieden«, sagte er.

»Er ist wohl ein bißchen eigenwillig«, sagte der Pastor. Er dachte, sollte der König doch erfahren, wer er sei, dann würde es diesem sicher nicht gefallen, daß er da gestanden und nur sich selbst gelobt hätte; und darum wollte er sich auch mit ein wenig Tadel hervorwagen. »Es gibt Leute, die vom Pfarrer sagen«, fuhr er fort, »daß er ganz allein dieses Kirchspiel lenken und regieren will.«

»Dann hat er es auf jeden Fall aufs beste geführt und geleitet«, sagte der König. Es wollte ihm nicht gefallen, daß dieser Bauer sich über den beklagte, der über ihn gesetzt war. »Mich dünkt, hier sieht es aus, als herrschten gute Sitten und altväterische Schlichtheit.«

»Das Volk ist brav«, sagte der Pastor, »aber es lebt auch fern von der Welt in Armut und Abgeschiedenheit. Die Menschen hier würden wohl auch nicht besser sein als andre, wenn die Versuchungen dieser Welt ihnen näher kämen.«

»Nun, es ist ja wohl keine Gefahr vorhanden, daß das geschieht«, sagte der König und zuckte die Achseln. Er fand, daß er an einen geraten war, der sich unnötige Sorgen machte. Der König sagte nichts weiter, sondern begann mit den Fingern auf dem Tische zu trommeln. Er meinte, daß er genug gnädige Worte mit diesem Bauer gewechselt hätte, und begann sich zu wundern, wann wohl die andern bereit sein würden, ihm Antwort zu geben.

Diese Bauern sind nicht sehr eifrig, ihrem König zu Hilfe zu kommen, dachte er. Wenn ich nur meinen Wagen hätte, so würde ich von ihnen und allen ihren Beratschlagungen fort meiner Wege fahren.

Der Pastor hinwiederum saß bekümmert da und kämpfte mit sich selbst, wie er eine wichtige Sache, mit der er zu Ende kommen mußte, entscheiden solle. Er fing an, sich zu freuen, daß er dem König nicht gesagt hatte, wer er sei. Nun konnte er mit ihm über das reden, was er sonst nicht hätte zur Sprache bringen können.

Nach einer kleinen Weile brach der Pfarrer das Stillschweigen und fragte den König, ob es sich wirklich so verhielte, wie er ihn eben habe sagen hören, daß die Feinde Schweden bedrohten und das Reich in Gefahr sei.

Der König meinte, daß dieser Mann soviel Verstand haben könnte, ihn nicht weiter zu stören. Er sah ihn groß an und antwortete nicht.

»Ich frage, weil ich hier drinnen stand und vielleicht nicht ganz richtig hören konnte«, sagte der Pastor. »Aber wenn es sich wirklich so verhält, dann will ich sagen, daß der Pfarrer dieser Gemeinde vielleicht imstande wäre, dem König mehr Geld zu verschaffen als er benötigt.«

»Mich dünkt, er sagte doch ganz kürzlich, daß alle hier so arm seien«, erwiderte der König und dachte, der Bursche wisse wohl selbst nicht, was er schwätze.

»Ja, das ist wahr«, versetzte der Pastor, »und der Pfarrer hat auch nicht mehr als irgendein andrer. Aber wenn der König so gnädig sein will, mich ein Weilchen anzuhören, dann will ich erzählen, wie es kommt, daß der Pfarrer die Macht hat, ihm zu helfen.«

»Er mag sprechen«, sagte der König. »Es scheint ihm leichter zu fallen, die Worte über die Lippen zu bringen, als seinen Freunden und Nachbarn draußen, die wohl nie mit dem zu Ende kommen, was sie mir zu sagen haben.«

»Es ist nicht so leicht, dem König zu antworten«, sagte der Pastor. »Ich fürchte, daß es schließlich der Pfarrer auf sich nehmen muß, es für die andern zu tun.«

Der König legte ein Bein über das andre, drückte sich tief in den Lehnstuhl, kreuzte die Arme und ließ den Kopf auf die Brust sinken.

»Nun kann er beginnen«, sagte er in einem Tone, als schliefe er schon.

»Es waren einmal fünf Männer aus diesem Kirchspiel, die auf die Elenjagd in den Wald zogen«, begann der Pastor. »Einer von ihnen war der Pfarrer, von dem wir sprachen. Zwei von den andern waren Soldaten und hießen Olof und Erik Svärd, der vierte der Männer war ein Gastwirt hier im Kirchdorf und der fünfte war ein Bauer, der Israels Person hieß.«

»Er braucht sich nicht die Mühe zu machen, so viele Namen aufzuzählen«, murmelte der König und ließ den Kopf auf die eine Seite sinken.

»Diese Männer waren gute Jäger«, fuhr der Pastor fort, »und sie pflegten sonst Glück zu haben. Aber an diesem Tage waren sie weit und breit umhergezogen, ohne etwas anzutreffen. Endlich hörten sie völlig zu jagen auf und setzten sich nieder, um zu plaudern. Sie sprachen davon, daß es im Walde keine Stelle gäbe, die sich urbar machen ließe, alles sei nur Felsen und Morast. ›Unser Herrgott hat nicht gerecht an uns gehandelt, daß er uns ein so karges Land gegeben hat‹, sagte einer von ihnen. ›Anderswo können die Menschen sich Reichtum und Überfluß verschaffen, aber hier vermögen wir uns mit knapper Not unser tägliches Brot zu erarbeiten.‹«

Der Pastor hielt einen Augenblick inne, gleichsam im Zweifel, ob der König ihn auch höre, aber der König machte eine Bewegung mit dem kleinen Finger, um ihm zu bedeuten, daß er noch wach sei.

»Gerade als die Bauern so sprachen, merkte der Pfarrer, daß es zwischen den Felsen an einer Stelle glitzerte, wo er zufällig mit dem Fuß das Moos weggestoßen hatte. Das ist doch ein merkwürdiger Stein, dachte er und stieß noch ein Mooshügelchen weg. Er nahm einen Steinsplitter auf, der am Moose hängen geblieben war und ebenso glänzte wie alles andre. ›Es ist doch wohl nicht möglich, daß dies hier Blei sein kann?‹ sagte er. Nun sprangen die andern auf und stießen das Moos mit den Büchsenkolben bei Seite. Und als sie das getan hatten, war es prächtig zu sehen, wie eine breite Erzader sich durch das Gestein zog. ›Was glaubt ihr, daß dies sein kann?‹ sagte der Pfarrer. Die Männer schlugen Steinsplitter los und bissen hinein. ›Das muß wenigstens Blei oder Zink sein‹, sagten sie. ›Und der ganze Berg ist voll davon‹, sagte der Pfarrer.«

Als der Pastor in seiner Erzählung so weit gekommen war, sah man, wie der Kopf des Königs sich ein wenig hob und ein Auge sich öffnete. »Weiß er, ob einer dieser Leute sich auf Erze und Gesteine verstand?« fragte er. – »Nein, davon verstanden sie nichts«, antwortete der Pastor. Da sank der Kopf des Königs hinab, und seine beiden Augen schlossen sich wieder.

»Sowohl der Pfarrer wie die, welche mit ihm waren, freuten sich sehr«, fuhr der Pastor fort, ohne sich durch die Gleichgültigkeit des Königs irre machen zu lassen. »Sie dachten, daß sie nun das gefunden hätten, was sie reich machen könnte und ihre Nachkommen ebenfalls! ›Nie mehr werde ich zu arbeiten brauchen!‹ sagte einer von den Soldaten, ›ich werde die ganze Woche nichts tun und am Sonntag in einer goldenen Kutsche zur Kirche fahren!‹

Es waren sonst verständige Leute, aber der große Fund war ihnen zu Kopf gestiegen, so daß sie wie Kinder sprachen. So viel Besinnung hatten sie doch, daß sie das Moos wieder zurechtlegten und den Schatz verbargen. Dann merkten sie sich genau den Platz, wo er sich befand, und gingen heim.

Bevor sie sich trennten, bestimmten sie, daß der Pfarrer nach Falun fahren und den Berghauptmann fragen solle, was dies für ein Erz sei. Er sollte sobald als möglich zurückkommen, und bis dahin gelobten sie einander mit heiligen Eiden, keinem Menschen zu verraten, wo das Erz zu finden sei.«

Der Kopf des Königs hob sich wieder ein wenig, aber er unterbrach den Erzähler mit keinem Wort. Er schien jetzt zu glauben, daß der andre ihm wirklich etwas Wichtiges zu sagen haben müsse, da er sich durch seine Gleichgültigkeit so gar nicht stören ließ.

»Nun machte sich der Pfarrer mit ein paar Erzproben in der Tasche auf den Weg. Er war ebenso froh, reich zu werden, wie irgend einer der andern. Er dachte daran, daß er den Pfarrhof umbauen wollte, der jetzt um nichts besser war als eine Bauernhütte; und dann wollte er sich mit einer Propsttochter verheiraten, der er gut war. Bis dahin hatte er gedacht, daß er lange auf sie warten müßte. Er war arm und unbekannt, er wußte, daß es lange währen würde, bis er eine Stelle bekäme, die es ihm möglich machte, zu heiraten.

»Der Pfarrer fuhr zwei Tage lang nach Falun, und einen Tag mußte er dort umhergehen und warten, weil der Berghauptmann verreist war, und an jemand andern wagte er sich nicht zu wenden. Endlich konnte er ihn sprechen und zeigte ihm die Erzstücke. Der Berghauptmann nahm sie in die Hand. Er sah zuerst sie an, dann den Pfarrer.

Der Pfarrer erzählte, daß er sie in seinem heimatlichen Kirchspiel in einem Felsen gefunden habe, und meinte, ob es nicht Blei sein könne.

›Nein, Blei ist es nicht‹, sagte der Berghauptmann.

›Also ist es vielleicht Zink?‹ fragte der Pfarrer.

›Zink ist es auch nicht‹, sagte der Berghauptmann.

Dem Pfarrer war zumute, als ob seine ganze Hoffnung zu Boden sänke, so verzagt hatte er sich so manchen lieben Tag nicht gefühlt.

›Habt ihr viel solche Steine in euerem Kirchspiel?‹ fragte der Berghauptmann.

›Wir haben einen ganzen Berg‹, sagte der Pfarrer.

Da ging der Berghauptmann auf ihn zu, klopfte ihm auf die Schulter und sagte:

›Dann seht zu, daß ihr einen solchen Gebrauch davon macht, daß es euch selbst und dem Lande zum Nutzen gereicht, denn dies ist Silber!‹

›Ja so‹, stammelte der Pfarrer ganz verwirrt. ›Ja so, es ist Silber.‹

Der Berghauptmann begann, ihm zu erklären, was er zu tun hätte, um sich ein gesetzliches Recht auf die Grube zu verschaffen, und gab ihm viele gute Ratschläge, aber der Pfarrer stand, ganz wirr im Kopfe, da und hörte nicht zu, was er sagte. Er dachte, wie unglaublich dies sei, daß daheim in seinem armen Kirchspiel ein ganzer Berg mit Silbererzen läge und auf ihn wartete.«

Der König erhob so heftig den Kopf, daß der Pastor sich unterbrach.

»Es kam wohl so«, sagte der König, »daß, als er nach Hause zurückkehrte und anfing, die Grube zu bearbeiten, er merkte, daß der Berghauptmann seinen Spaß mit ihm getrieben hatte.«

»Ach nein, der Berghauptmann hatte ihn durchaus nicht zum besten gehabt«, sagte der Pastor.

»Er kann fortfahren«, sagte der König und setzte sich wieder zurecht, um zuzuhören.

»Als der Pfarrer endlich zu Hause war und durch sein heimatliches Kirchspiel fuhr«, hob der Pastor wieder an, »war er sich klar, daß er vor allem seine Kameraden von der Entdeckung benachrichtigen müßte.«

»Er wollte wohl ihr Glück sehen«, fiel der König ein.

»Ja, das wollte er, und da er an dem Hause des Gastwirts Sten Stensons vorüberfuhr, beabsichtigte er, bei ihm einzukehren und ihm zu erzählen, daß das, was sie gefunden hatten, Silber sei. Aber als er vor dem Tore Halt machte, sah er, daß Laken vor den Fenstern hingen, und daß ein breiter Weg von gehacktem Tannenreisig zur Treppe hinaufführte.

›Wer ist denn hier im Hause gestorben?‹ fragte der Pfarrer einen Jungen, der am Zaune lehnte.

›Der Gastwirt selber‹, antwortete der Junge. Und dann erzählte er dem Pfarrer, daß der Gastwirt sich seit einer Woche jeden Tag betrunken habe. ›Ach, der viele Branntwein, der viele Branntwein, der hier draufgegangen ist!‹ sagte der Junge. – ›Woher mag das kommen?‹ fragte der Pfarrer. ›Der Gastwirt pflegte sich doch sonst niemals zu betrinken.‹ – ›Ja‹, sagte der Junge, ›er trank, weil er behauptete, daß er eine Grube gefunden habe. Er sei so steinreich‹, sagte er. ›Er brauche niemals mehr etwas andres zu tun, als zu saufen. Und gestern abend fuhr er fort, betrunken wie er war; der Wagen warf um, und er fiel sich zu Tode.‹

Als der Pfarrer das gehört hatte, fuhr er heimwärts. Er war sehr betrübt über das, was er gehört hatte. Er war ja so vergnügt gekommen und hatte sich so sehr gefreut, die große Neuigkeit zu erzählen.

Als der Pfarrer ein paar Schritte weiter gefahren war, sah er Israels Per Person herankommen. Er sah ganz wie immer aus, und der Pfarrer dachte, es sei gut, daß ihm nicht auch das Glück zu Kopfe gestiegen war. Ihn wollte er sogleich mit der Nachricht erfreuen, daß er nun ein reicher Mann sei. ›Guten Tag‹, sagte Per Person, ›kommst du von Falun?‹ – ›Ja, daher komme ich‹, sagte der Pfarrer, ›und nun will ich dir sagen, daß es dort besser gegangen ist, als wir uns dachten; der Berghauptmann sagte, daß das, was wir gefunden haben, Silber sei.‹ In demselben Augenblick sah Per Person aus, als hätte sich die Erde vor ihm aufgetan. ›Was sagst du, was sagst du? Es ist Silber?‹ – ›Ja‹, antwortete der Pfarrer, ›wir werden nun reiche Leute, wir alle, und können wie Herrschaften leben!‹ – ›Nein, es ist Silber!‹ sagte Per Person noch einmal und sah immer betrübter aus. – ›Ja, gewiß ist es Silber‹, antwortete der Pfarrer, ›du darfst nicht glauben, daß ich dich betrügen will. Du brauchst dich nicht zu fürchten, froh zu sein.‹ – ›Froh‹, sagte Per Person, ›wie sollte ich froh sein. Ich glaubte, es sei nur Katzengold, und so meinte ich, ein Sperling in der Hand ist besser als eine Taube auf dem Dach. Ich habe meinen Anteil an der Grube für hundert Taler an Olof Svärd verkauft.‹

Er war ganz verzweifelt, und als der Pfarrer von ihm fortfuhr, blieb er auf der Landstraße stehen und weinte.

Als der Pfarrer heim auf seinen Hof kam, schickte er einen Knecht zu Olof Svärd und seinem Bruder, um ihnen sagen zu lassen, daß das, was sie gefunden hatten, Silber sei. Er fand, daß er nun genug davon hätte, die gute Neuigkeit selbst zu verbreiten.

Aber als der Pfarrer am Abend allein daheim saß, da kam die Freude wieder zu ihrem Recht. Er ging in die Dunkelheit hinaus und stellte sich auf den Hügel, wo er das neue Pfarrhaus anzulegen gedachte. Es sollte stattlich werden, das wollte er meinen, ebenso prächtig wie ein Bischofsitz. Er blieb lange draußen stehen in dieser Nacht, und er begnügte sich nicht damit, ein neues Pfarrhaus zu bauen. Es fiel ihm ein, daß, wenn so viel Reichtum von dieser Gegend ausginge, die Leute herbeiströmen müßten, und schließlich würde vielleicht eine ganze Stadt rings um die Grube im Walde gebaut werden. Und dann würde er gezwungen sein, in dieser Stadt eine neue Kirche zu errichten. Dafür würde wohl ein großer Teil seines Reichtums draufgehen. Aber er war auch damit noch nicht zufrieden, sondern dachte sich, daß, wenn seine Kirche fertig wäre, der König und viele Bischöfe kommen würden, um sie einzuweihen; und dann würde der König sich sehr über die Kirche freuen, aber er würde einwenden, daß für ihn, den König, keine rechte

Unterkunft in der Stadt sei. Und dann würde er dem König in der neuen Stadt ein Schloß bauen müssen.«

Einer der Kavaliere des Königs öffnete jetzt die Tür zur Sakristei und meldete, daß die große königliche Karosse instand gesetzt sei.

Der König war im ersten Augenblick bereit, sich zu erheben, aber dann besann er sich anders. »Er soll seine Geschichte zu Ende erzählen«, sagte er zum Pastor. »Aber er kann sich kürzer fassen. Wir wissen schon, wie ein Mensch träumt und denkt. Wir wollen erfahren, wie er handelt.«

»Aber als der Pfarrer noch in diese Träume versunken dasaß«, fuhr der Pastor fort, »bekam er Botschaft, daß Israels Per Person sich selbst das Leben genommen habe. Er hatte es nicht ertragen können, daß er seinen Anteil an der Grube verkauft hatte. Er meinte wohl, daß er es nicht aushalten könne, sein ganzes Leben lang einherzugehen und zu sehen, wie ein andrer sich an dem Reichtum freute, der ihm hätte gehören können.«

Der König rückte sich ein wenig auf seinem Sitz zurecht. Er hatte beide Augen aufgeschlagen. »Meiner Treu«, sagte er, »wenn ich dieser Pfarrer gewesen wäre, ich glaube, ich hätte an der Grube genug gehabt.«

»Der König ist ein reicher Mann«, sagte der Pastor. »Er hat auf jeden Fall genug und übergenug. Anders steht es mit einem armen Pfarrer, der nichts sein eigen nennt. So einer fängt an nachzugrübeln, wenn er sieht, daß Gottes Segen nicht auf seinem Vorhaben ruht: ich will nicht mehr daran denken, selbst Ehre und Nutzen aus diesen Reichtümern zu ziehen. Aber ich kann doch das Silber nicht in der Erde liegen lassen. Ich muß es zum Besten der Armen und Notleidenden heben. Ich will es tun, um dem ganzen Kirchspiel zu helfen.«

Darum ging der Pfarrer eines Tages zu Olof Svärd hinüber, um mit ihm und seinem Bruder zu besprechen, was sie zunächst mit dem Silberbergwerk vornehmen sollten. Als er in die Nähe von Olofs Behausung kam, begegnete er einem Karren, um den Männer mit Flinten in den Händen herumgingen, so, als hielten sie Wacht. Und auf dem Karren saß einer, dem die Hände rücklings gebunden waren und der Fesseln an den Fußknöcheln trug.

Als der Pfarrer vorbeikam, machte der Karren Halt, so daß er Zeit hatte, den Gefangenen zu betrachten. Sein Kopf war verbunden, so daß es nicht leicht war, zu erkennen, wer es sei, aber der Pfarrer glaubte doch, daß dies Olof Svärd sein müsse.

Er hörte den Gefangenen seine Wächter bitten, ihn ein paar Worte mit dem Pfarrer sprechen zu lassen.

Er trat darum näher, und der Gefangene wendete sich an ihn. ›Nun bist du der einzige, der weiß, wo der Silberberg ist‹, sagte Olof.

›Was sagst du da, Olof?‹ fragte der Pfarrer.

›Ja, siehst du, Pfarrer, seit wir erfahren hatten, daß wir einen Silberberg haben, konnten mein Bruder und ich nicht mehr so gut Freund sein wie früher; wir gerieten stets in Zank. Und gestern abend stritten wir, wer von uns zuerst die Grube gefunden hätte, oder war es etwas andres, worüber wir zankten, kurz, wir kamen in Zwist, und ich habe meinen Bruder erschlagen, und er hat mir auch einen tüchtigen Denkzettel hier über die Stirn gegeben. Und nun komme ich an den Galgen, und du bist dann der einzige, der etwas von der Grube weiß. Deshalb will ich dich um etwas bitten.‹

›Sprich nur frei heraus‹, sagte der Pfarrer. ›Ich will für dich tun, was ich kann.‹

›Du weißt, daß ich viele kleine Kinder hinterlasse‹, begann der Soldat, aber der Pfarrer fiel ihm ins Wort.

›Was das betrifft, so kannst du ruhig sein. Was auf deinen Anteil an der Grube kommt, werden sie erhalten, ganz als wenn du selbst am Leben wärest.‹

›Nein‹, sagte Olof Svärd, ›ich wollte dich um etwas andres bitten. Laß keinen von ihnen teil an dem haben, was aus dieser Grube kommt.‹

Der Pfarrer zuckte zusammen, er blieb stumm stehen und konnte nichts antworten.

›Wenn du mir das nicht versprichst, kann ich nicht ruhig sterben‹, sagte der Gefangene.

›Ja‹, sagte der Pfarrer leise und mühsam, ›ich will dir versprechen, was du von mir verlangst.‹

Darauf wurde der Mörder fortgeführt, und der Pfarrer stand auf der Landstraße und dachte nach, wie er das Versprechen halten könne, das er ihm gegeben hatte. Den ganzen Heimweg dachte er an den Reichtum, über den er sich gefreut hatte. Aber wenn es nun so war, daß das Volk dieser Gemeinde den Reichtum nicht vertrug? Jetzt waren schon vier verdorben, die früher stolze und prächtige Männer gewesen waren. Er glaubte, die ganze Gemeinde vor sich zu sehen, und er stellte sich vor, wie diese Silbergrube einen nach dem andern zugrunde richten würde.

Sollte er, der eingesetzt war, die Seelen dieser armen Menschen zu hüten, das über sie bringen, was ihr Untergang sein mußte?«

Der König saß auf einmal ganz aufrecht und starrte den Sprecher an. »Ich muß sagen«, sagte er, »er läßt mich begreifen, daß ein Pfarrer in diesem abgeschiedenen Dorfe ein ganzer Kerl sein muß.«

»Es war noch nicht genug an dem, was schon geschehen war«, fuhr der Pastor fort, »sondern sobald die Neuigkeit von der Grube sich unter den Kirchspielbewohnern verbreitete, hörten sie auf zu arbeiten und gingen müßig umher und warteten auf die Zeit, wo der große Reichtum sich über sie ergießen würde. Alle Landstreicher, die es in der Gegend gab, strömten herbei, und der Pfarrer mußte beständig von Trunksucht und Schlägereien hören.

Eine Menge Leute tat nichts andres, als im Walde herumstreichen und nach der Grube suchen, und der Pfarrer merkte, daß, sobald er seine Behausung verließ, ihm Menschen nachschlichen, um auszukundschaften, ob er sich zum Silberberg begäbe, und ihm so sein Geheimnis zu stehlen.

Als die Dinge so standen, rief der Pfarrer die Bauern zusammen.

Zuerst erinnerte er sie an all das Unglück, das die Entdeckung des Silberbergs über sie gebracht hatte, und fragte sie, ob sie sich zugrunde richten lassen oder sich selbst retten wollten. Dann sagte er ihnen, daß sie von ihm, der ihr Pfarrer sei, nicht erwarten dürften, daß er zu ihrem Untergang beitragen werde; er habe beschlossen, keinem Menschen zu verraten, wo der Silberberg sich befinde, und niemals wolle er selbst Reichtümer daraus heben. Und dann fragte er die Bauern, wie sie es in Zukunft halten wollten. Wenn sie fortfahren wollten, nach der Grube zu suchen und auf Reichtümer zu warten, dann wolle er so weit fortziehen, daß ihn niemals das Gerücht von ihrem Elend erreichen könne. Aber wenn sie es aufgeben wollten, an die Silbergrube zu denken, und wieder werden, wie sie zuvor gewesen, dann wolle er bei ihnen bleiben. ›Aber wie ihr euch auch entscheiden mögt‹, sagte der Pfarrer, ›so wisset das eine, daß von mir niemand je etwas über den Silberberg erfährt.‹«

»Nun«, sagte der König, »wie entschieden sich die Bauern?«

»Sie taten, wie ihr Pfarrer wollte«, sagte der Pastor. »Sie fanden, daß dies eines Mannes Rede sei, und versprachen, nicht mehr an den Silberberg zu denken. Sie sahen ein, daß der Pfarrer es gut mit ihnen meinte, da er um ihretwillen arm bleiben wollte. Und sie faßten großes Vertrauen zu ihm. Und sie gaben ihrem Pfarrer den Auftrag, in den Wald zu gehen und die Grube mit Reisig und Steinen wohl zu verbergen, so daß niemand sie finden könne, nicht sie und nicht ihre Nachkommen.«

»Und seitdem hat der Pfarrer hier ebenso arm gelebt wie die andern?«

»Ja«, antwortete der Pastor, »er hat hier ebenso arm gelebt wie die andern.«

»Er hat aber doch geheiratet und sich einen neuen Pfarrhof gebaut«, sagte der König.

»Nein, er hat nicht die Mittel gehabt zu heiraten, und er wohnt in der alten Hütte.«

»Das ist eine schöne Geschichte, die er mir da erzählt hat«, sagte der König und neigte dankbar das Haupt.

Der Pastor stand schweigend vor dem König. Nach einigen Augenblicken fuhr dieser fort: »Dachte er an das Silberbergwerk, als er sagte, daß der hiesige Pfarrer mir so viel Geld verschaffen könne, als ich brauche?«

»Ja«, sagte der andre.

»Aber ich kann ihm nicht Daumschrauben anlegen«, sagte der König, »und wie will er sonst, daß ich einen solchen Mann dazu bringe, mir den Berg zu zeigen? Er hat ja auf seine Liebste und allen Wohlstand des Lebens verzichtet.«

»Das ist etwas andres«, sagte der Pastor, »wenn das Vaterland den Schatz braucht, so gibt er wohl nach.«

»Steht er mir dafür ein?« fragte der König.

»Ja, dafür stehe ich ein«, sagte der Pastor.

»Kümmert er sich denn nicht darum, wie es seinen Pfarrkindern ergeht?«

»Das muß in Gottes Hand stehen.«

Der König erhob sich von dem Stuhle und trat ans Fenster. Da stand er eine Weile und sah auf die Volksmenge draußen. Je länger er hinblickte, desto heller begannen seine großen Augen zu leuchten, und seine schmächtige Gestalt schien zu wachsen. »Er kann dem Pfarrer dieser Gemeinde sagen«, sprach der König, »daß es für Schwedens König keinen schöneren Anblick gibt, als ein Volk wie dieses zu sehen.«

Darauf wendete sich der König vom Fenster ab und sah den Pastor an. Ein Lächeln flog über seine Züge. »Steht es so, daß der Pfarrer dieser Gemeinde so arm ist, daß er die schwarzen Kleider ablegt, wenn der

Gottesdienst zu Ende ist, und sich wie ein Bauer kleidet?« fragte der König.

»Ja, so arm ist er«, sagte der Pastor, und die Röte schoß ihm in das grobe Gesicht.

Der König trat wieder ans Fenster. Man sah es ihm an, daß er in bester Stimmung war. Alles, was Edles in ihm schlummerte, war zum Leben erweckt worden. »Er soll diese Grube in Frieden ruhen lassen«, sagte der König. »Da er ein ganzes Leben lang gedarbt und gearbeitet hat, um das Volk hier so zu machen, wie er es haben will, so soll er es so behalten, wie es nun ist.«

»Aber wenn das Reich in Gefahr ist?« sagte der Pastor.

»Dem Reich ist besser mit Menschen als mit Geld gedient«, meinte der König. Und als er dies gesagt hatte, nahm er von dem Pastor Abschied und verließ die Sakristei.

Draußen stand die Volksmenge ebenso stumm und wortkarg, wie bei seinem Eintritt. Aber als der König die Treppe hinabstieg, kam ihm ein Bauer entgegen.

»Hast du nun mit unserem Pfarrer gesprochen?« fragte der Bauer.

»Ja«, sagte der König, »ich habe mit ihm gesprochen.«

»Dann hast du wohl auch unseren Bescheid bekommen«, erwiderte der Bauer. »Wir baten dich einzutreten und mit unserem Pfarrer zu sprechen, weil er dir unsere Antwort bringen sollte.«

Der Sonnenfinsternistag

Da waren Stina vom oberen Eck und Lina vom Vogelhäusel und Kajsa vom Moorhof und Maja von der Hochalp und Beda vom Finnenwinkel und Elin, die neue Hausmutter im alten Soldatenquartier, und zwei oder drei andere alte Weiber.

Die wohnten alle miteinander am äußersten Ende des Kirchspieles, unter der Hochalp, in einer Gegend, die so steinig und unfruchtbar war, daß keiner der Großbauern daran gedacht hatte, die Hand darauf zu legen. Eine der Frauen hatte ihre Hütte auf einer kahlen Berghalde liegen, eine andere am äußersten Rande eines Moors, eine dritte hatte sie auf einem Hügel stehen, der so steil war, daß es schon eine rechte Arbeit war, hinaufzuklettern. Und wenn schon eine von den anderen ihre Hütte auf besserem Grunde errichtet hatte, so konnte man sicher sein, daß sie dafür so dicht unter der Hochalp lag, daß sie ihnen ganz die Sonne verdeckte, vom Herbstmarkt bis zu Mariä Verkündigung.

Und alle, wie sie da waren, hatten sie sich dicht neben der Hütte ein kleines Kartoffelfeld angelegt. Es war mit großer Mühe und Beschwerde geschehen, denn wenn es wahr ist, daß es dort unter dem Berge viele verschiedene Arten von Erde gibt, so ist es auch wahr, daß sie alle schwer dazu zu bringen waren, Frucht zu tragen. Manche der Frauen hatten erst so viel Steine aus dem Acker jäten müssen, daß es für einen herrschaftlichen Stall gelangt hätte, andere hatten die Deiche so tief graben müssen wie Gräber, andere mußten die Erde Sack um Sack herbeischleppen und sie auf dem nackten Fels ausbreiten. Die es am besten hatten, mußten früh und spät gegen Unkraut und Disteln ankämpfen, die mit einer Kraft und Üppigkeit in die Höhe schossen, als glaubten sie, daß das ganze Kartoffelfeld eigens für sie angelegt sei.

Alle diese Frauen saßen allein in ihren Stuben, so lange der Tag war. Denn wenn sie auch einen Mann hatten, so ging er doch jeden Morgen in die Arbeit, und die Kinder gingen zur Schule. Einige von ihnen waren alt und hatten erwachsene Kinder, aber die waren nach Amerika gezogen. Einige hatten kleine Kinder, und die blieben wohl den ganzen Tag daheim, aber die konnte man ja nicht als Gesellschaft rechnen. So einsam, wie sie in ihren Stuben saßen, war es beinahe notwendig für sie, sich ab und zu einmal bei ein paar Tassen Kaffee zu treffen. Nicht, daß sie

gerade immer so eines Sinnes gewesen wären oder gar so große Liebe
füreinander gehegt hätten. Aber manche von ihnen wollten doch gern
wissen, was die anderen trieben, und manche, die ganz unter dem Berge
hausten, wurden schwermütig, wenn sie nicht ab und zu mit anderen
Menschen sprechen konnten. Manche mußten ihr Herz ausschütten
und von dem letzten Brief aus Amerika erzählen, und andere wiederum
waren von Natur aus lustig und gesprächig, und sehnten sich nach einer
Gelegenheit, so große und gute Gottesgaben zu betätigen.

Es bot ja auch keine Schwierigkeit, ein Kaffeekränzchen zu veranstalten. Kaffeemaschinen und Tassen hatten sie alle, und Sahne konnte man
im Herrenhof kaufen, wenn man keine eigene Kuh zum Melken hatte.
Backwerk konnte man mit dem Meiereiwägelchen aus der Stadt vom
Bäcker holen lassen, und Landkrämer, die Kaffee und Zucker verkauften,
gab es überall. Nein, ein Kaffeefest auszurichten, das war die leichteste
Sache der Welt. Schwer war es nur, einen Anlaß zu finden.

Denn alle, Stina vom oberen Eck und Kajsa vom Moorhof und Maja
von der Hochalp und Lina vom Vogelhäusel und Beda vom Finnenwinkel und Elin, die neue Hausfrau im alten Soldatenquartier und die zwei
oder drei anderen Alten waren einig darüber: mitten am blanken
Werktag geht es nicht an, ein Kaffeefest zu geben. Wenn man die Zeit,
die das Kostbare ist, das nicht wiederkehrt, so übel anwendet, kann man
ja rein in schlechten Ruf kommen.

Und ebenso waren sie ganz einig, daß es nicht angehe, am Sonntag
oder an einem hohen Feiertag eine Kaffeegesellschaft abzuhalten. Denn
da hatten die Verheirateten Mann und Kinder daheim, so daß sie ohne-
hin Gesellschaft genug hatten. Und andere wollten in die Kirche oder
ins Bethaus gehen, einige wollten gern Besuch bei Verwandten machen,
und einige wieder wollten es den ganzen Tag mäuschenstill in der Stube
haben, damit sie so recht das Gefühl hatten, daß es Feiertag war.

Desto mehr mußte man bestrebt sein, alle anderen Gelegenheiten
wahrzunehmen. Die meisten pflegten an ihren Namenstagen einzuladen.
Andere feierten das große Ereignis, daß das Kleinste den ersten Zahn
bekam oder die ersten Schritte gehen lernte. Für die, die Geldbriefe aus
Amerika zu bekommen pflegten, war dies ja ein passender Anlaß, und
ebenso ging es ja sehr wohl, die Nachbarinnen zusammen zu laden, um
sich beim Stricken einer Decke oder beim Aufziehen eines Gewebes
helfen zu lassen.

Aber dessen ungeachtet gab es lange nicht so viele Anlässe, als nötig gewesen wären. Und in einem Jahre begab es sich, daß eine der Alten ganz und gar ratlos war und sich nicht zu helfen wußte. Sie wußte, daß nun an ihr die Reihe war, ihre Nachbarinnen zu sich zu bitten, sie wollte auch nur zu gern ihre Pflicht erfüllen, aber sie konnte sich rein gar nichts ausdenken, das sie hätte feiern können.

Ihren eigenen Namenstag konnte sie nicht feiern, denn sie hieß Beda, und das war aus dem Kalender gestrichen, und einen anderen konnte sie auch nicht feiern, denn sie hatte all die Ihren auf dem Kirchhof. Sie war sehr alt, und die Decke, unter der sie lag, reichte sicherlich ihr Leben lang, und Briefe bekam sie keine. Sie hatte eine Katze bei sich in der Stube, und die hatte sie freilich sehr lieb, auch ist es wahr, daß sie ebenso gut Kaffee trinken konnte wie sie selbst, aber sie konnte sich doch nicht entschließen, ein Fest für die Katze zu veranstalten.

Während sie so grübelnd umherging, las sie einmal ums andere in ihrem Kalender, denn sie meinte, daß sie daraus in so schwieriger Lage vielleicht einen guten Rat holen könnte. Sie fing beim Anfang an, mit dem Königshaus und der Erklärung der Zeichen, und las bis zu den Märkten des Jahres 1912 und den Postsendungen. Einmal ums andere las sie das Buch durch, ohne etwas zu finden, aber dann begann sie wieder von vorn, so als wüßte sie, daß die Hilfe doch von dort kommen würde.

Als sie zum sechstenmal das Buch durchlas, blieben ihre Blicke an Sonnen- und Mondfinsternissen haften. Das las sie, daß in dem Jahre des Heiles, das das neunzehnhundertundzwölfte nach Christi Geburt war, am 17. April eine Sonnenfinsternis eintreten würde. Sie würde um ein Uhr zwanzig Minuten nachmittags beginnen und um zwei Uhr neunundvierzig Minuten nachmittags enden und neun Zehntel des Sonnendurchmessers umfassen.

Dies hatte sie schon mehrmals gelesen, ohne darauf zu achten. Aber jetzt wurde es mit einemmal schimmernd klar in ihr. »Nun weiß ich, wie ich es machen muß«, dachte sie.

Aber nur einen Augenblick war sie ihrer Sache sicher. Gleich darauf wies sie den Gedanken wieder von sich. Sie hatte Angst, daß alle die anderen sie auslachen könnten.

Aber in den folgenden Tagen erinnerte sie sich immer wieder daran, was ihr beim Lesen des Kalenders eingefallen war, und schließlich begann sie zu erwägen, ob sie sich nicht doch an die Sache wagen sollte.

Denn wenn sie es so recht bedachte: was für einen Freund hatte sie auf der Welt, den sie lieber mochte als die Sonne? Die Hütte lag so, daß im Winter kein Sonnenstrahl hineinfiel, da ging sie herum und zählte nur immer die Tage bis zum Frühling, wo die Sonne wieder zu ihr zurückkehrte. Die Sonne war doch die einzige, nach der sie sich sehnte, die einzige, die immer sanft und hold gegen sie war, und von der sie nicht genug haben konnte. Sie fühlte sich alt, und sie war alt. Die Hände zitterten ihr, als ginge sie in beständigen Fieberschauern herum. Wenn sie in den Spiegel sah, da fand sie sich so weiß und farblos, als hätte sie auf der Bleiche gelegen. Nur wenn sie in starkem, warmem, reich strömendem Sonnenschein stand, hatte sie das Gefühl, daß sie eine Lebende war und nicht ein wandernder Leichnam.

Je mehr sie an die Sache dachte, desto sicherer wurde sie, daß es keinen Tag im ganzen Jahre gab, den sie lieber feiern wollte, als diesen, wo ihre Freundin, die Sonne, mit dem Dunkel kämpfen und nach herrlichem Sieg in neuer, strahlender Pracht aufgehen sollte.

Es war nicht mehr weit bis zum 17. April, aber sie hatte doch noch Zeit, zu einem Kaffeefest zu rüsten. Und als der Sonnenfinsternistag kam, da saßen alle, Stina und Lina und Kajsa und Maja und all die anderen, bei Beda im Finnenwinkel und tranken Kaffee. Sie tranken zweiten Nachguß und dritten Nachguß, und sie sprachen über alles mögliche, unter anderem auch darüber, daß sie gar nicht wüßten, warum Beda dieses Fest gab. Und unterdessen ging die Sonnenfinsternis ihren regelrechten Gang, aber sie dachten weiter nicht viel daran. Nur einen Augenblick, als sie auf ihrem Höhepunkt war, als der Himmel schwarzgrau wurde und alles in der Natur einen bleifarbenen Überzug zu haben schien und ein heulender Wind herangesaust kam, der den Klang der Posaunen des Jüngsten Gerichtes und des Weltuntergangs hatte, da wurde ihnen doch recht gruselig zumute, aber dann schenkten sie sich eine frische Tasse Kaffee ein, und es ging vorüber.

Als das Ganze vorbei war und die Sonne im Kampf gesiegt hatte und so blinkend froh am Himmel strahlte, da sahen sie, wie die alte Beda ans Fenster trat und mit gefalteten Händen stehen blieb. Sie blickte über den sonnenbeschienenen Berghang hin, und dann begann sie zu singen:

»Die goldne Sonne zeiget sich
Am blauen Himmelszelt.
Aus frohem Herzen preise ich
Dich, Gott und Herr der Welt.«

Dünn und durchsichtig stand sie am Fenster, aber während sie so sang, umspielten sie die Sonnenstrahlen so, als wollten sie ihr von ihrem Leben, ihrer Farbe und ihrer Kraft geben.

Als sie den Psalmvers beendigt hatte, sah sie die anderen an und sagte gleichsam entschuldigend:

»Seht ihr, ich habe doch keine bessere Freundin als die Sonne, und darum wollte ich das Fest am Sonnenfinsternistag geben. Ich wollte, daß wir alle zusammenkommen, um sie willkommen zu heißen, wenn sie aus dem Dunkel tritt.«

Nun begriffen alle die Absicht der Alten. Sie waren gerührt und fingen an, gut von der Sonne zu reden. Sie sagten von ihr, daß sie gleich gut gegen arm und reich sei. Wenn sie an einem Wintertag in eine Hütte komme, dann sei das ebenso schön wie ein Herdfeuer, und wenn sie nur scheine, sei es eine Lust zu leben, was für Sorgen man auch zu tragen habe.

Als sie von dem Fest heimgingen, da waren sie alle miteinander fröhlich und vergnügt. Sie fühlten sich reicher und geborgener, weil sie auf den Gedanken gekommen waren, welch gute und treue Freundin sie doch an der Sonne hatten.

Aber weil dies eine große Sonnenfinsternis war, bei der ganze neun Zehntel der Sonnenscheibe verdeckt waren, erregte sie überall, wo sie sichtbar wurde, großes Aufsehen. Gelehrte Forscher zogen mit ihren Instrumenten aus, um zu messen und zu rechnen. Gewöhnliche Leute schwärzten Gläser und Operngucker und standen lange da und guckten die Sonne an. Die Schulkinder durften die Klassenzimmer verlassen, damit sie sich an der Sonnenfinsternis satt sehen konnten. Die Zeitungen brachten lange Berichte, wie der Himmel seine Farbe verändert hatte, wie der Vogelgesang verstummt war und wie dunkel es gewesen war, als sie ihren Höhepunkt erreichte.

Aber wieviel Aufsehen es auch der Sonnenfinsternis wegen gab, so habe ich doch nicht gehört, daß irgend jemand ein Fest veranstaltet hätte, um die Sonne zu feiern, als sie siegreich aus der Verdunkelung trat – außer der alten Beda im Finnenwinkel.

Der Hochzeitsmarsch

Nun will ich eine schöne Geschichte erzählen.

Vor vielen Jahren sollte im Kirchspiel Svartsjö in Värmland eine sehr große Hochzeit gefeiert werden. Zuerst die kirchliche Trauung, nachher drei Tage lang eine große Schmauserei. Und an jedem der drei Tage sollte vom frühen Abend bis tief in die Nacht hinein getanzt werden.

Da es soviel Tanz geben sollte, war es natürlich sehr wichtig, einen guten Spielmann herbeizuschaffen. Das machte dem Großbauer Nils Olofson, der die Hochzeit ausrichtete, fast mehr Kopfzerbrechen als irgend etwas andres. Den Spielmann, den sie in Svartsjö hatten, wollte er nämlich nicht laden. Der hieß Jan Öster, und der Großbauer wußte wohl, daß Jan in großem Ruf stand; doch der Musikant war so arm, daß er manchmal in zerrissenem Wams und barfuß zum Hochzeitsfest kam. Und einen solchen zerlumpten Kerl wollte der Großbauer nicht an der Spitze des Brautzuges sehen.

Endlich entschloß er sich, einen Boten zu einem Burschen im Jössesprengel zu schicken, der allgemein Spiel-Martin genannt wurde, und ihn zu fragen, ob er kommen und bei der Hochzeit aufspielen wolle.

Spiel-Martin bedachte sich keinen Augenblick, sondern antwortete sogleich, daß er nicht nach Svartsjö fahren und dort spielen wolle, weil in diesem Kirchspiel ein Spielmann wohne, der tüchtiger sei als alle andern in ganz Värmland. So lange sie den hätten, brauchten sie keinen andern zu laden.

Als Niels Olofson diesen Bescheid erhalten hatte, ließ er sich ein paar Tage Bedenkzeit. Dann schickte er einen Boten zu einem Spielmann, der im Storakilskirchspiel wohnte und Olle aus Säby hieß, und fragte, ob er kommen und zur Hochzeit seiner Tochter aufspielen wolle. Aber Olle aus Säby antwortete dasselbe wie Spiel-Martin. Er bat, Nils Olofson zu sagen, so lange es in Svartsjö einen so vortrefflichen Spielmann gebe wie Jan Öster, werde er dort nicht spielen.

Nils Olofson paßte es nun gar nicht, daß ihm die Spielleute den aufzwingen wollten, den er nicht haben mochte. Er fand, gerade jetzt sei es eine Ehrensache für ihn, einen andern Spielmann zu bekommen als Jan Öster.

Ein paar Tage, nachdem er die Antwort von Olle aus Säby erhalten hatte, sandte er seinen Knecht zu dem Spielmann Lars Larson, der auf der Peterswiese im Kirchspiel Ullerud wohnte.

Das war ein wohlbestallter Mann, der einen schönen Hof sein Eigen nannte. Er war klug und bedächtig, kein Brausekopf wie die andern Spielleute. Aber ihm kam, wie den andern, gleich Jan Öster in den Sinn, und er fragte, warum denn der nicht auf der Hochzeit spielen solle. Nils Olofsons Knecht hielt es für das Klügste, zu erwidern, daß Jan Öster in Svartsjö daheim sei, daß man ihn also alle Tage hören könne. Wenn Nils Olofson eine so große Hochzeit ausrichte, wolle er den Leuten etwas Besseres und Selteneres bieten.

»Ich bezweifle, daß er etwas Besseres bekommen kann«, sagte Lars Larson.

»Ach, Ihr wollt wohl dasselbe antworten wie Spiel-Martin und Olle aus Säby«, sagte der Knecht und erzählte, wie es ihm da ergangen war.

Lars Larson hörte die Erzählung des Knechtes aufmerksam an; dann saß er lange schweigend und grübelte. Endlich gab er doch seine Einwilligung. »Bestelle deinem Herrn, daß ich für die Einladung danke und kommen werde«, sagte er zu dem Knecht.

Am nächsten Sonntag fuhr Lars Larson nach der Svartsjöer Kirche. Er fuhr gerade über den Kirchenhügel, als die Hochzeitsschar sich aufzustellen begann, um nach der Kirche zu ziehen. Er kam in seinem eigenen Wagen mit einem guten Pferde gefahren, war in einen schwarzen Tuchanzug gekleidet und nahm die Violine aus einem polierten Futteral. Nils Olofson begrüßte ihn freundlich und dachte bei sich, das sei doch ein Spielmann, mit dem er Ehre einlegen werde.

Gleich nach Lars Larson kam auch Jan Öster, mit der Geige unterm Arm, zur Kirche herauf. Er ging geraden Weges auf die Schar zu, die die Braut umstand, ganz, als sei er geladen, bei der Hochzeit aufzuspielen.

Jan Öster kam in der alten grauen Friesjacke, die man schon seit vielen Jahren an ihm kannte; weil es aber eine so große Hochzeit war, hatte sein Weib versucht, die Löcher an den Ellbogen auszubessern, und große grüne Flicken darauf gesetzt. Jan Öster war ein großer, schöner Kerl und hätte sich stattlich an der Spitze des Hochzeitszuges ausgenommen, wenn er nicht so schlecht gekleidet und sein Gesicht nicht von Sorgen und hartem Kampf mit dem Unglück so gefurcht gewesen wäre.

Als Lars Larson Jan Öster kommen sah, schien er ein wenig mißmutig. »Ja so, Ihr habt Jan Öster auch herbestellt«, sagte er halblaut zu Nils Olofson. »Na, es kann ja nicht schaden, wenn wir zwei Spielleute sind. Bei einer so großen Hochzeit!«

»Ich habe ihn nicht hergerufen!« beteuerte Nils Olofson. »Ich begreife nicht, warum er gekommen ist. Warte nur: ich will ihn gleich wissen lassen, daß er hier nichts zu suchen hat.«

»Dann hat ihn irgendein Störenfried herbestellt«, sagte Lars Larson. »Aber wenn Ihr meinem Rat folgen wollt, dann tut nichts dergleichen, sondern geht hin und heißt ihn willkommen. Ich habe gehört, er sei ein jähzorniger Bursche, und niemand kann wissen, ob er nicht Zank und Händel anstiften würde, wenn Ihr ihm sagtet, daß er nicht geladen ist.«

Das sah auch der Großbauer ein. Jetzt, da der Hochzeitszug sich gerade auf dem Kirchenhügel ordnete, durfte es keinen Zank geben. Nils ging deshalb auf Jan Öster zu und hieß ihn willkommen. Darauf stellten sich die beiden Spielleute an die Spitze des Zuges. Das Brautpaar ging unter dem Baldachin, die Ehrenjungfrauen und Führer der Braut folgten, Paar hinter Paar, dann kamen die Eltern und die Verwandten. Ein langer, ansehnlicher Zug. Als alles bereit war, ging ein Brautführer zu den Musikanten und bat sie, den Hochzeitsmarsch anzustimmen. Beide Spielleute setzten die Geigen ans Kinn, aber weiter kamen sie nicht: so blieben sie stehen. Es war nämlich ein alter Brauch in Svartsjö, daß der vornehmste der Spielleute den Hochzeitsmarsch anstimmte.

Der Brautführer sah Lars Larson an, als erwarte er, daß der anfange. Doch Lars Larson sah Jan Öster an und sagte: »Jan Öster muß anfangen.« Jan Öster konnte aber nicht begreifen, daß der andre, der so fein gekleidet war wie nur irgendein vornehmer Herr, nicht mehr sein solle als er, der in seinem zerrissenen Frieskittel aus der elenden Hütte kam, aus Armut und Not.

»Nein! Um Gottes willen!« sagte er nur. »Nein! Um Gottes willen!«

Er sah, wie der Bräutigam den Arm ausstreckte, Lars Larson anstieß und rief: »Lars Larson soll anfangen!«

Als Jan Öster den Bräutigam das sagen hörte, nahm er sogleich die Geige vom Kinn und trat einen Schritt zurück. Lars Larson rührte sich aber nicht vom Fleck, sondern blieb ruhig und gelassen auf seinem Platz stehen. Aber auch er hob den Bogen nicht.

»Jan Öster soll anfangen«, wiederholte er. Er sagte die Worte eigensinnig und beharrlich wie einer, der gewohnt ist, seinen Willen durchzusetzen.

Im Hochzeitszug entstand Unruhe über die Verzögerung. Der Brautvater kam heran und bat Lars Larson, anzufangen. Der Küster wäre schon in die Kirchentür getreten und winke ihnen, sich zu sputen. Der Geistliche stünde schon am Altar und warte.

»Dann mußt du Jan Öster bitten, daß er zu spielen anfängt«, sagte Lars Larson. »Wir Spielleute halten ihn nun einmal für den Tüchtigsten unter uns.«

»Das mag wohl sein«, sagte der Bauer, »aber wir Bauern halten wieder dich, Lars Larson, für den Wackersten.«

Auch die andern Bauern versammelten sich um sie. »Fangt nun an!« sagten sie; »der Pfarrer wartet schon. Die Gemeinde lacht uns ja aus.«

Lars Larson stand ebenso hartnäckig und unerschütterlich da wie zuvor. »Ich verstehe nicht, warum die Leute dieses Kirchspiels durchaus nicht wollen, daß ihr eigener Spielmann über alle andern gestellt wird«, sagte er.

Nils Olofson raste vor Wut darüber, daß alle sich verschworen hatten, ihm Jan Öster aufzuzwingen. Er trat dicht an Lars Larson heran und flüsterte: »Jetzt merke ich, daß du es bist, der Jan Öster hergerufen hat, und daß du das Ganze angezettelt hast, um ihn zu ehren. Aber nun spute dich und fange zu spielen an, sonst jage ich den Lumpenkerl mit Schimpf und Schande vom Kirchenhügel fort.«

Lars Larson sah ihm gerade ins Gesicht und nickte ihm zu, ohne den geringsten Groll zu zeigen. »Ja, ihr habt recht«, antwortete er. »Das muß ein Ende nehmen.« Er winkte Jan Öster, an seinen früheren Platz zurückzukehren. Hierauf ging er selbst ein paar Schritte vor und drehte sich um, so daß alle ihn sehen konnten. Dann schleuderte er den Bogen weit von sich, zog sein Messer aus der Tasche und schnitt alle vier Geigensaiten durch; sie sprangen mit scharfem Klang.

»Man soll nicht von mir sagen, daß ich mich mehr dünke als Jan Öster«, rief er.

Mit Jan Öster aber verhielt es sich so: seit drei Jahren ging er einher und grübelte über eine Weise, von der er fühlte, daß sie in ihm lebe, die er aber nicht über die Saiten brachte, weil er daheim immer von grauen Sorgen gebunden war und ihm nie etwas widerfuhr, das ihn über die tägliche Plage hinausheben konnte. Als er jetzt Lars Larsons Saiten springen hörte, warf er den Kopf zurück und sog die Luft in tiefen Zügen ein. Seine Gesichtszüge waren gespannt, als lausche er Tönen, die aus weiter, weiter Ferne zu ihm klängen. Dann begann er zu spielen. Die Weise, über die er drei Jahre gegrübelt hatte, stand auf einmal klar vor ihm; und während sie ertönte, ging er mit stolzen Schritten zur Kirche hinab. Nie vorher hatte die Hochzeitsschar solche Weise vernommen. Sie zog sie so unwiderstehlich mit sich fort, daß niemand stehenbleiben konnte.

Und alle waren so froh über Jan Öster und Lars Larson, daß der ganze Hochzeitszug mit feuchten Augen in die Kirche kam.

In der Gemeindestube

Zugunsten der aus Rußland nach namenlosen Leiden und Entbehrungen wieder in die Heimat zurückgekehrten schwedischen Kolonie Svenskby (Schwedendorf) wurde in Stockholm ein glanzvolles Fest veranstaltet, dessen Höhepunkt die von der Dichterin selbst vorgetragene Erzählung »In der Gemeindestube« bildete. Anmerkung d. Übers.

Da war Gunnar Knutsson auf Gunnerud und der Herr Pfarrer und der Reichstagsabgeordnete für Nyåker und der Verwalter des Werks Bolsta und der Wirtschaftsbesitzer Albin Jansson und Nils Larsson und Gösta Söderlund und der Schullehrer und die Pensionsvorsteherin, alle, die Sitz und Stimme im Gemeindeausschuß und im Armenrat hatten.

Sie waren eines Sonntags gleich nach dem Ende des Gottesdienstes zu einer Sitzung im Gemeindehaus zusammengerufen worden, und sie hatten dem Rufe Folge geleistet. Gunnar Knutsson, der Vorsitzender war, hatte sich auf dem Präsidentenstuhl niedergelassen, den großen Tisch vor sich, die Hand auf dem Präsidentenhammer. Der Pfarrer war geradeswegs aus der Kirche gekommen und hatte in einer dunklen Ecke Platz genommen, gleichsam, als ob dieses Weltliche ihn nichts anginge. Der Reichstagsabgeordnete saß mit den Daumen in der Westentasche da, er hatte die Beine ausgestreckt und die Augen halb geschlossen, um zu zeigen, wie es im Reichsrat zuging. Der Verwalter hatte sich ans Fenster gesetzt, um sein Pferd im Auge zu behalten, das angebunden auf dem Kirchenhügel stand. Albin Jansson, Nils Larsson und Gösta Söderlund saßen an der Längswand, dem Obmann gegenüber und hatten den Blick auf die Zimmerdecke geheftet, die seit der letzten Sitzung frisch getüncht worden war. Der Schullehrer hatte sich vor dem Schrank mit der Gemeindebibliothek aufgestellt und studierte die Büchertitel. Ganz unten an der Türe saß die Pensionsvorsteherin, die neugewählt war und hoffte, nicht das Wort ergreifen zu müssen. Der Regenmantel des Obmanns hing an einem Nagel über ihrem Platz, und sie hatte sich darunter zusammengehuschelt, wie damit niemand sie bemerken sollte.

Der Vorsitzende hatte die Anwesenden aufgeschrieben und die Sitzung für eröffnet erklärt, und dann verlas er den Voranschlag für die Ausgaben und Einkünfte im nächsten Jahre. Und da sie alle miteinander wußten, daß sowohl die Gemeindevertreter wie das ganze übrige Kirchspiel von ihnen erwartete, daß sie die Steuern herabsetzen würden, so bekrittelten und zerfaserten sie den Voranschlag nach Tunlichkeit. Sie diskutierten den Betrag für »unvorhergesehene Ausgaben« und versuchten den Lohn des Knechts im Altersheim herabzudrücken, sie forschten nach, ob vielleicht jemand vergessen hatte, seine Hundesteuer zu bezahlen, und sie verweigerten die Sporteln für die Schätzungskommission. Aber all dies nützte nicht viel, denn die Vorsteherin des Altersheims verlangte einen Linoleumteppich für den Speisesaal, und der Wohlfahrtsinspektor hatte sämtliche Betten im ganzen Heim für untauglich erklärt. Alle Mitglieder waren eifrig und verständig, aber das ging ins Geld, und sie begannen schon zu fürchten, daß sie gezwungen sein würden, die Steuern zu erhöhen.

Nach all der Arbeit, die sie nun mit dem Voranschlag für Einnahmen und Ausgaben gehabt hatten, meinte der Obmann sicherlich, daß sie ermüdet sein müßten, und darum nahm er jetzt die Markegångstaxe[1] vor, um ihnen doch eine Erholung zu gönnen.

Die »Markegångstaxe« war mehrere Seiten lang, aber erfahren und gewitzt, wie sie waren, konnte es ihnen nicht viel Kopfzerbrechen machen, die Preise für Dörrspeck oder eine Fuhre Heu oder ein Tagewerk oder eine Garbe Roggenstroh oder eine Tonne Lachs oder für Hemdenleinwand oder Wollstrümpfe oder Lederhosen oder sonst etwas festzusetzen.

Als ob sie nun noch immer nicht genug ausgeruht gewesen wären, holte nun der Obmann eine ebenso lange Liste des Sozialdepartements hervor, das auch über die Lebenskosten im Orte unterrichtet sein wollte. Und die war natürlich wiederum ganz anders aufgestellt als die »Markegångstaxe«, so daß auch sie von Anfang bis zu Ende durchstudiert werden mußte.

Als dies besorgt war, mußte der Obmann wohl finden, daß sie gestärkt genug waren, denn er zog nun einen gewaltigen Stoß Papiere aus seiner Aktentasche und teilte mit, daß ein Auftrag von der königlichen Polizeidirektion gekommen sei, sich über die Zuständigkeit des Stallknechts August Arvidsson zu äußern. Und besagter Arvidsson pflegte jeden

1   Die behördliche Bestimmung der Marktpreise und Naturalleistungen. Anmerkung der Übersetzerin.

zweiten Monat den Herrn zu wechseln und war jedes Halbjahr von einem Kirchspiel ins andere gezogen, wobei er auch noch kleine Abstecher nach Dänemark und Finnland zu machen pflegte. Diese Anfrage war ihnen schon ein paarmal zugegangen, und sie hatten bereits ausführlich und wahrheitsgemäß erklärt, daß Arvidsson nicht bei ihnen zuständig sei. Aber seither war der Akt in der ganzen Provinz herumgewandert, und nun war er um wenigstens hundert Beilagen von Pfarrern und Dorfschulzen und Gemeindevorstehern bereichert, die alle denselben Bescheid gegeben hatten.

Und dies war eine harte Nuß für sie, obgleich sie so anerkannte Leuchten in ihrer Mitte hatten wie den Reichstagsabgeordneten für Nyäker und den Vorsitzenden selbst. Und das schlimmste war, daß sie die ganze Zeit mit dem Gefühl dasaßen, daß die königliche Polizeibehörde gerade ihr Kirchspiel als die rechte Heimat für Arvidsson ausersehen hatte, und daß sie all die Armenunterstützung würden bezahlen müssen, die er und seine Familie im Laufe der Jahre genossen hatten. Dies würde sich auf mehrere hundert Kronen belaufen, und da war es ganz ausgemacht, daß sie gezwungen sein würden, die Steuern zu erhöhen.

Dann hatte der Vorsitzende mitgeteilt, daß Amanda Nilsson in Ingerby wahnsinnig geworden war und ins Irrenhaus kommen sollte, daß das Kirchspiel der Wittfrau Maria Larson und ihren drei Kindern eine Wohnung mieten mußte, daß der Kleinhäusler Ivar Jansson um einen Beitrag für ein neues Dach seines Schweinestalls ansuchte und daß die Abstinenzfreunde eine Subvention für zwei Propagandavorträge verlangten.

Und als die Mitglieder des Gemeindeausschusses in den Saal eingetreten waren, da waren ihre Blicke in verschiedene Richtungen gewandert, aber nun waren sie alle auf einen einzigen Punkt geheftet. Der Verwalter guckte nicht mehr zum Fenster hinaus, um sein Fohlen im Auge zu behalten, der Reichstagsabgeordnete für Nyäker saß nicht mehr da und zeigte, wie es im Reichstag zugeht, Nils Larsson und Albin Jansson und Gösta Söderlund hatten kein Interesse für die frischgemalte Zimmerdecke, der Schullehrer hatte aufgehört, die Büchertitel zu studieren, ja selbst der Herr Pfarrer und die Pensionsvorsteherin hatten ihre Blicke auf nichts anderes gerichtet als auf die Aktentasche des Vorsitzenden, und fragten sich, ob sie wohl noch viele so schreckliche und kostspielige Dokumente enthalten mochte.

Der Obmann fuhr unerbittlich mit Doktorsrechnungen und Beiträgen für Sanatoriumsaufenthalt und Logis für die Heimschwester fort. Es nahm überhaupt kein Ende, und nun war gar nicht mehr daran zu zweifeln, daß die Kommunalsteuern erhöht werden mußten. Wenn es je einen Gemeindeausschuß und Armenrat gegeben hat, der alle Ausgaben gründlich satt hatte und fest entschlossen war, allen weiteren Vorschlägen und Forderungen ein Nein entgegenzusetzen, so war es dieser.

Zum Schluß zog der Vorsitzende ein kleines dünnes Kuvert aus der Aktentasche. Während er es öffnete, bemerkte er, dies sei der letzte Einlauf, und er hoffe, er werde rasch erledigt sein.

Dann verlas er eine Eingabe von ein paar geachteten Männern des Kirchspiels, die besagte, daß die Gemeindevertreter den Ausschuß ermächtigen sollten, eintausend Kronen für die »Svenskbyer« zu bewilligen.

Als er fertig gelesen hatte, blickte der Vorsitzende über die Versammelten hin und fragte, ob jemand sich zu der Sache zu äußern wünsche.

Worauf der Reichstagsabgeordnete für Nyaker sofort das Wort verlangte und erklärte, der Vorschlag sei sicherlich höchst beherzigenswert, aber er für seine Person meine, daß die Hilfe für die Svenskbyer Privatsache sei, weshalb er für die Ablehnung stimme.

Und das begreift man ja, müde und erschöpft, wie sie alle miteinander waren, hatte niemand Lust, ihm zu widersprechen. Die Pensionsvorsteherin erhob sich allerdings und sagte (ohne das Wort zu verlangen, denn sie war ja an Sitzungen nicht gewöhnt), sie hätte sich im Sommer, als die Svenskbyer kamen, so sehr gefreut, und sie glaubte, ja also sie wollte ... sie wünschte, nun hatte sie ganz den Faden verloren und setzte sich wieder. Der Pfarrer hatte sich halb von seinem Sitz erhoben, wie um etwas zu sagen, aber dann hatte er einen Blick auf die Versammelten geworfen und gesehen, wie hoffnungslos die Lage aussah, und war wieder auf seinen Platz zurückgesunken.

Der Vorsitzende fragte, ob der Gemeindeausschuß dem Antrag des Reichstagsabgeordneten zustimme, und bekam ein einstimmiges Ja zur Antwort. Dann erklärte er die Sitzung für geschlossen, schlug mit dem Hammer ein letztes Mal auf den Tisch und begann seine Papiere zusammenzulegen.

Die Anwesenden hatten sich noch nicht von ihren Plätzen erhoben, als die Türe sich auftat, und herein kam ein alter Mann, der einmal ein zugeteilter Soldat[2] gewesen war. Sicherlich hatte er schon eine gute Weile vor der Türe gestanden und auf den Schluß der Sitzung gewartet. Nun marschierte er ohne viel Federlesens auf den Herrn Pfarrer zu und fragte, ob er ein Scherflein für die Svenskbyer entgegennehmen wolle.

»Ich bin im Pfarrhof gewesen«, sagte er, »aber da hörte ich, daß der Herr Pfarrer bei der Gemeinderatssitzung ist, und da bin ich hergekommen, damit ich doch mit der Sache fertig werde.«

Dieser alte Krieger sprach in einem dröhnenden Baß, der den ganzen Raum erfüllte, und da die Mitglieder des Gemeinderats ja nicht umhin konnten, zu hören, daß er einen Beitrag zu der Sammlung für die Svenskbyer zu zeichnen wünschte, blieben sie aus purem Staunen sitzen und hörten weiter zu. Der Greis hatte ja eine kleine Pension, er schlug sich damit durch und fiel niemandem zur Last, aber daß der alte Åsman noch etwas zum Verschenken übrig haben sollte, wäre doch keinem Menschen je eingefallen.

Der Herr Pfarrer hatte sechs Listen vom Sammelkomitee bekommen, und eine davon hatte er mitgebracht, in der Hoffnung, die Mitglieder des Gemeindeausschusses dazu zu bewegen, sich mit ein paar Kronen einzuschreiben. Er zog den Alten gleich zu dem großen Tisch und borgte sich Feder und Tinte vom Vorsitzenden aus, so daß die Namenszeichnung erfolgen konnte. Und als dann Åsman aus einem großen Lederbeutel, der recht leer und schlottrig aussah, eine Krone hervorkramte, wollte ihm der Pfarrer ein freundliches Wort sagen:

»Das ist schön von Ihnen, Åsman, einen Beitrag für die Sammlung zu spenden«, sagte er. »Sie mögen wohl die Svenskbyer gut leiden?«

Aber der Alte wollte durchaus keine zärtlichen Gefühle einbekennen.

»Könnt' ich nicht grad sagen, Herr Pfarrer. Hab' nie einen von ihnen zu Gesicht bekommen. Aber ich will ihnen auch nichts schuldig bleiben.«

»Sind Sie ihnen was schuldig, Åsman? Wie meinen Sie das?«

»Ja, das wird wohl so sein, Herr Pfarrer«, polterte der Alte, »ich werd' mich wohl für sie verbürgt haben, und nicht nur ich, sondern die ganze Gemeinde. Und ob das nun hinterher süß oder sauer schmeckt, was eins versprochen hat, dafür muß eins auch einstehen.«

---

2 Die Bauernhöfe oder Grundstücke waren früher so eingeteilt, daß eine Anzahl von ihnen je einen Soldaten zu stellen und zu unterhalten hatten. Anmerkung der Übersetzerin.

»Hm«, meinte der Pfarrer, »es ist ja vielleicht so, wie Sie sagen, Åsman, aber ich verstehe nur nicht, wie Sie auf den Gedanken gekommen sind.«

»Kann schon sein, Herr Pfarrer, daß ich nie draufgekommen wäre, aber mein Sohn draußen in Amerika, der hat mir geschrieben und die ganze Sache ausgedeutscht.«

»Haben Sie den Brief vom Sohne da?« fragte der Pfarrer.

Und das läßt sich ja denken, daß er ihn mit hatte: nicht nur diesen Brief, sondern all die Briefe, die der Sohn ihm geschrieben hatte, seit er übers große Wasser gefahren war. Aber der Pfarrer wollte nur diesen letzten haben. Er nahm ihn aus dem langen schmalen Umschlag, warf einen Blick auf den Inhalt und fragte, ob er ihn den Anwesenden vorlesen dürfe.

Und das wurde ihm weiß Gott nicht verwehrt. Der Alte pflegte jedem Landstreicher, der ihn um Obdach in seiner Hütte bat, die Briefe des Sohnes vorzulesen, und da kann man sich wohl denken, daß er nichts dagegen hatte, daß der Reichstagsabgeordnete für Nyåker und der Verwalter und der Schullehrer und der Obmann des Gemeindeausschusses und die anderen Anwesenden ihn hörten.

»Nun will ich Dir, lieber Vater, in einer ernsten Sache schreiben«, las der Pfarrer. »Ein schleichendes Gerücht ist mir zu Ohren gekommen, daß die alte Treue bei unserem Volke im Schwinden sein soll. Ich bitte Dich, lieber Vater, mir zu sagen, ob das wahr ist.

Früher war es so, daß keine Nation im ganzen Westen so hoch in Ansehen stand wie gerade die unsere. Seit den neunziger Jahren bin ich hier in den verschiedensten Teilen des Landes gewesen, und wo ich auch hinkam, immer hieß es: ›Ah, Sie sind Schwede!‹ Und schon der Tonfall war eine Empfehlung.

Ehrlichkeit, Zuverlässigkeit, Treue, dafür ist der Schwede bekannt. Im schwedischen Rassecharakter ist etwas, das über dem Geschäftsgeist der anderen Nationen steht. Aber nun heißt es, daß auch unser Volk angefangen hat, das goldene Kalb anzubeten und die Tugenden zu vergessen, die sein angestammtes Erbteil sind.

Lieber Vater, es wäre eine furchtbare Schande, wenn fremde Reisende hier aus dem Westen betrogen und übers Ohr gehauen würden, wenn sie in unser Land kommen. Aber hier behauptet man, daß so etwas geschehen soll. Und beteuert ein Schwede, daß das unmöglich ist, dann antworten die Amerikaner: ›Well, Sir, wir werden ja bald sehen, wie die

Schweden sind. Es wird sich ja zeigen, wie sie sich gegen die Svenskbyer benehmen werden.‹

Ich bitte Dich, lieber Vater, sage doch denen daheim, daß Ihr nicht allein auf der Welt seid, sondern daß aller Blicke auf Euch gerichtet sind.

Nun weiß ich ja, die Schweden sagen, daß die Svenskbyer selbst gebeten haben, kommen zu dürfen, und daß Ihr ihnen nichts versprochen habt, aber wir hier in den Staaten haben ja alles in unseren Zeitungen verfolgt. Und wenn Ihr ihnen Leute entgegenschicktet, um sie einzuholen, und wenn Ihr sie zu Tausenden empfangen und Freudentränen über sie vergossen und ihre Heimkehr als ein großes nationales Glück gefeiert habt, dann begreifst Du wohl, Vater, daß Ihr Euch gewissermaßen verbürgt habt, einer für alle, alle für einen, daß diese Menschen eigenen Boden zu bestellen, eigene Häuser, um darin zu wohnen, haben sollen. So war es nicht gemeint, daß sie als arme Tagelöhner einhergehen sollten, die es nie zu etwas bringen können.

Wir sind hier unser einige aus demselben Kirchspiel, die einmal die Woche zusammenzukommen pflegen. Und als wir uns zuletzt trafen, da hielt ein Schwager von Gösta Söderlund, der Zeitungsredakteur ist, einen Vortrag über die Svenskbyer. Es weckte starken Widerhall in unseren Herzen, als er von ihren Leiden und Prüfungen sprach, und wir sagten uns, wie es auch anderswo kommen mag, so wissen wir doch, daß es *eine* Gemeinde gibt, wo man recht gegen die Svenskbyer handeln wird.

Und nun sitzen wir da und erwarten, daß Ihr und alle anderen Schweden das Gelöbnis haltet, das Ihr den armen Auswanderern gegeben habt. Unsere Augen sind auf Euch gerichtet. Wir sind selbst arme Auswanderer, wir verlangen nichts für uns, wir müssen uns durchschlagen, so gut wir können, aber was wir erbitten, ist, daß uns das beglückende Gefühl nicht genommen werde, daß wir aus einem ehrlichen Lande, von einem Volke, das sein Wort hält, kommen.«

Der Pfarrer faltete sachte den Brief zusammen und blickte über die Versammlung hin.

Er sah, wie all die müden, unlustigen Mitglieder des Gemeindeausschusses und des Armenrats die Köpfe hoch hielten und wie ihre Gesichter verklärt dreinblickten bei dem Gedanken, daß sie in all ihrer Geringheit und Unbemerktheit doch etwas fürs Vaterland tun konnten.

»Die Sitzung ist aufgelöst, und der Gemeindeausschuß hat seinen Beschluß in dieser Frage gefaßt«, sagte der Pfarrer, »aber wir, die wir hier versammelt sind, wissen nun, was unsere Kinder und Anverwandten dort drüben in der Fremde von uns erwarten.«

Er tauchte die Feder ins Tintenfaß und schrieb selbst seinen Namen unter den Per Åsmans auf die Liste. Dann schob er sie dem Vorsitzenden hinüber.

Als dann alle Namen und Summen verzeichnet waren, nahm der Pfarrer die Liste und wandte sich an den alten Soldaten.

»Wollen Sie Ihrem Sohn in Amerika schreiben, lieber Åsman, daß hier in seiner armen Heimatgemeinde jetzt eintausendundeine Krone gezeichnet wurden.«

Die Holzbibel

Im Kirchspiel Svartsjö in Värmland gibt es einen Menschen, der sehr glücklich ist. Das ist nicht der Herr Pfarrer in dem schönen Pfarrhof, auch keiner der wohlbestallten Bauern, keine siebzehnjährige junge Maid, es ist die alte arme Bolla Östlund im Versorgungshaus.

Sie ist glücklich, weil sie seit ihrem achten Jahr eine Lebensaufgabe hat. Das Leben war für sie nie leer und zwecklos. Sie hat das besessen, was so viele, die mehr sind als sie, entbehren. Und da es ihr überdies nie gelungen ist, die Aufgabe zu lösen, so ist ihr ihre Freudenquelle allezeit erhalten geblieben. Sie bedeutet so viel für sie, daß man ihr kaum etwas Besseres wünschen kann, als daß sie nie damit zu Rande kommt.

Als sie acht Jahre alt war, nahm ihre Mutter sie einmal in die Kirche mit. Wie sie da an der Seite der Mutter den großen Gang hinaufging, wurde sie auf die große Bibel aufmerksam, die auf dem Altare lag. Sie war dick und ehrwürdig, schwarz und glänzend. Auf dem Rücken blinkte ein BIBLIA in vergoldeten Lettern, von den Seiten schimmerte es golden. Das versetzte sie in einen Taumel des Entzückens. Sie sah nicht die Kronleuchter, nicht die Kerzen, sie sah nichts anderes als nur die Bibel. Als sie in die Kirchenbank kam, zeigte es sich, daß sie so klein war, daß die vor ihr Sitzenden ihr das Buch verdeckten. Da hob die Mutter sie auf die Bank hinauf, und da stand sie während des ganzen Gottesdienstes, stand und starrte die große Kirchenbibel der Svartsjöer Gemeinde an.

Auch daheim in Mutters kleinem Häuschen gab es eine Bibel, und auch die war ein schönes, ehrwürdiges Buch. Aber diese hier war wohl doppelt so dick. In Mutters Bibel gab es nur einige wenige Bilder. Aber in dieser, die doppelt so groß war! Was konnte man da nicht alles erwarten? Welchen mächtigen Moses, welche strahlende Jungfrau Maria, welch herrlichen König David, welch ungeheuren Goliath! Sie sah das alles schon vor sich. Die Bilder lösten sich aus der Umklammerung der Deckel und zeigten sich ihr …

Auf der Bibel stand ein zweiarmiger silberner Leuchter. Diese Einrichtung kam ihr merkwürdig, ja beinahe ungehörig vor. Warum stand der Leuchter auf der Bibel? War die Bibel nicht zu heilig, als daß ein Leuchter darauf stehen durfte? Und wenn er auch aus Silber war!

Am nächsten Sonntag und noch an vielen Sonntagen bat sie, in die Kirche mitkommen zu dürfen. Sie wollte hin, um dabei zu sein, wenn das große Buch aufgeschlagen wurde. Sie zweifelte nicht, daß dies an irgendeinem hohen Feiertag geschehen würde. Aber die Bibel blieb ganz ruhig unter dem Leuchter liegen, niemand rührte sie an.

Eines Tages nahm sie ihren ganzen Mut zusammen und fragte die Mutter, ob sie wüßte, wann der Pfarrer die Bilder des großen Buches in der Kirche zeigen würde.

»Was für ein Buch?« fragte die Mutter.

»Ja das, das auf dem Altar liegt.«

»Liebes Kind, das ist ja nur eine Holzschachtel. Das liegt da, damit der Leuchter auf etwas stehen kann.«

Das war eine furchtbare Enttäuschung. Einen so großen Schmerz hatte sie noch nie erfahren. Die Tränen schossen ihr aus den Augen. Die Mutter sah sie ganz bestürzt an.

»Ja, um Himmels willen, warum weinst du denn?«

Sie war zu schüchtern, um zu antworten, wie es die Wahrheit war, daß sie weinte, weil sie die schönen Bilder nie zu Gesicht bekommen sollte. Anstatt dessen sagte sie, sie habe Angst, daß Gott ihnen zürnen würde, weil sie eine falsche Bibel auf den Altar gelegt hatten.

»Was redest du da für dummes Zeug zusammen!« sagte die Mutter streng. »Der liebe Gott weiß schon, wie dies zusammenhängt. Es hat auch hier in der Gemeinde wie in allen anderen eine gedruckte Kirchenbibel gegeben, aber eines Tages verbrannte die Kirche, und die Bibel mit, und der Kirchenbau war so kostspielig, daß die Gemeinde nicht mehr imstande war, eine richtige Bibel anzuschaffen.«

Als das kleine Mädchen dies hörte, kam ihr eine Eingebung, und sie faßte einen großen Entschluß. Zugleich wurde sie so froh, daß die Tränen aufhörten zu fließen. Solange sie lebte, würde sie an diesen Augenblick denken, als an das Köstlichste in ihrem Leben.

»Was kostet eine Bibel?« fragte sie.

»Ach, das weiß ich nicht so genau. Meinst du eine Kirchenbibel?«

»Ja, eine mit vielen Bildern darin.«

»Die kommt hoch, die kostet vielleicht fünfzig Reichstaler.«

Fünfzig Reichstaler! Das schien dem kleinen Mädchen eine erschreckend hohe Summe, aber sie hielt doch an ihrem Entschluß fest. Sobald sie groß war und in Dienst gehen konnte, würde sie diese fünfzig Reichstaler zusammensparen, um dem Kirchspiel eine richtige Bibel zu geben, die man auf den Altar legen konnte. – – –

Dies war also die Aufgabe, die sie durch das Leben geleitet, und es reich und schön gemacht hatte. Andere Menschen wuchsen auf, lebten und gingen dahin, ohne zu wissen, warum. Vielleicht war das der Grund, daß so viele von ihnen verkamen. Aber mit ihr war es anders. Sie wußte, warum Gott sie in die Welt gesetzt hatte.

* *
*

Wenn sie in die Kirche kam, dann freute sie sich auf den Tag, an dem die neue Bibel auf dem Altar liegen würde und kein Kind von Bildern in einer leeren Holzschachtel zu träumen brauchte. Man kann nicht wissen, wie hoch sich ihre Gedanken verstiegen. Sie erwartete sicherlich, daß Gottes Segen sich in reicherem Maße über die Gemeinde ergießen würde, wenn keine falsche Bibel mehr auf dem Altar lag.

Sie hatte ihre Sorgen wie andere auch, aber ihr Sinn war immer leicht, weil sie nicht von gewöhnlichen irdischen Fesseln gebunden war. Eine Unruhe quälte sie doch, daß jemand ihr zuvorkommen könnte. Wie zum Beispiel damals, als die Kirche restauriert wurde, oder als ein paar Frauen sich zusammentaten, um eine neue Altardecke anzuschaffen. Da hatte sie keine ruhige Stunde, bis sie nicht sicher wußte, daß keine auf den Gedanken verfallen war, der Kirche eine richtige Bibel zu schenken.

Aber wenn sie so ängstlich war, daß jemand ihr zuvorkommen könnte, warum beeilte sie sich dann nicht? Warum sparte sie die fünfzig Kronen nicht zusammen?

Ach, dazu war es schon mehrmals gekommen. Auf ihrem ersten Platz hatte sie einen Lohn von zwanzig Reichstalern im Jahre gehabt. Nach fünf Jahren waren die fünfzig Reichstaler beisammen gewesen. Aber ehe sie noch in die Stadt fahren und das Buch kaufen konnte, war die Mutter gestorben, und das Geld hatte für den Sarg und das Begräbnis verwendet werden müssen.

Und so war es immer gegangen. Einmal ein Bruder, der ins Spital mußte, das andere Mal ein armer Nachbar, der seine einzige Kuh verloren hatte und dem man helfen mußte, sich eine neue zu kaufen.

Außerdem war sie eines schönen Tages hingegangen und hatte geheiratet. Der Mann war nach einem Jahr gestorben und hatte sie allein mit einem kleinen Kinde zurückgelassen. Man kann sich denken, wie so etwas im Sparen aufhält.

Für den, der eine Aufgabe zu erfüllen hat, ist das Leben so kurz! Sie wußte selbst nicht, wie ihr geschah, da war sie schon so weit, ins Altersheim zu übersiedeln.

Es war merkwürdig, die anderen Alten, die dort untergebracht waren, so verdrossen und düster dasitzen zu sehen und sie sagen zu hören, daß sie auf nichts anderes zu warten hätten als auf den Tod. So war es wahrlich nicht bei ihr. Sie war munter und vergnügt. Sie war mit dem Leben nicht fertig. Sie sammelte noch immer das Geld für die Kirchenbibel.

Aber wie kann nun jemand, der im Armenhaus sitzt, fünfzig Kronen zusammensparen? Doch, das kann schon gehen, wenn man eine Tochter in Amerika hat. Die Tochter schickt in langen Zwischenräumen immer wieder einmal ein Paket Zeitungen. Im Altersheim macht man sich darüber lustig, daß sie ihrer Mutter amerikanische Zeitungen schickt. Aber die alte Mutter denkt nicht so, sondern durchsucht sie genau. Manchmal findet sie in dem Zeitungspacken ein farbiges Seidentaschentuch, manchmal einen Zweidollarschein. Wenn dies letztere sich ereignet, muß sie die anderen alten Frauen zu einem kleinen Kaffeekränzchen einladen. Aber zwei Dollar, das ist viel Geld. Etwas davon kann sie schon in einen kleinen Lederbeutel stecken, den sie unter dem Leibchen festgenäht hat.

So wuchs die Summe, und in diesem Sommer war das Kirchspiel Svartsjö sehr nahe daran, eine richtige Kirchenbibel zu bekommen. Aber da hörte die alte Bolls Östlund ganz zufällig von den schwedischen Bauern, den Svenskbyern, die aus Rußland in die Heimat zurückgekehrt waren.

Anfangs interessierten sie diese Leute nicht im allergeringsten. Vielleicht, daß sie sogar diese Menschen, die Heim und Hof, Hausrat und Vieh, Schule und Kirche und die Gräber der Toten verließen, um in ein Land zu ziehen, wo sie keine Scholle Erde besaßen, als rechte Narren betrachtete.

* *
*

Aber eines Tages erzählte ihr jemand von der alten schwedischen Bibel der Svenskbyer, die dreihundert Jahre alt war und sie auf all ihren Wegen begleitet hatte. Sie war Feuer und Flamme. Bibeln, das war etwas, das ihr am Herzen lag.

Eine Bibel, die dreihundert Jahre alt war, wie mochte die wohl aussehen? War sie mit goldenen Buchstaben gedruckt? Vielleicht maß sie eine ganze Elle im Quadrat und hatte auf jeder Seite bunte Bilder?

Aber wo sollten nun diese armen Menschen, die kein Dach über dem Kopfe hatten, ein solches Kleinod verwahren?

Was ging wohl in ihr vor? Vielleicht, daß sie sich ganz dunkel an etwas erinnerte, das sie in ihrer Kindheit in ihrer Mutter Bibel gelesen, von einer seltsamen Wanderung durch die Wüste zu einem gelobten Lande? Vielleicht daß ihr etwas vom Berge Sinai und dem Tabernakel vorschwebte. Stellte sie sich vielleicht vor, daß es die alte Bibel war, die ihr Volk aus Knechtschaft und Unglück heimgeführt hatte? Glaubte sie, daß geheime Kräfte in ihren Lederdeckeln schlummerten und daß sie in besonderer Weise geehrt und hochgehalten werden sollte?

Oder war es ganz einfach so, daß sie nun schon so sehr daran gewohnt war, immer wieder gehindert zu werden, diese Kirchenbibel zu kaufen, daß sie es nicht lassen konnte, zu glauben, es sei nun wieder Gottes Absicht, daß sie ihr Geld für etwas anderes hingeben sollte, als das, wofür sie ihr ganzes Leben lang gespart und gearbeitet hatte? – – –

* *
*

Eines Tages im Herbst kam Fräulein Emanuelsson, die prächtige alte Volksschullehrerin, die alle Kinder der Gemeinde lesen gelehrt hatte, in das Altersheim gewandert. Sie hatte eine Sammelliste für die Svenskbyer mit, und sie kam, um zu fragen, ob der Vorsteher sich nicht mit ein paar Kronen einschreiben wolle.

An eine der Alten im Heim konnte sie natürlich ein derartiges Ansinnen nicht stellen, aber da sie nun schon einmal im Hause war, wollte sie gerne ein Stündchen mit ihnen verplaudern. Sie ging aus einem Zimmer ins andere, und auf diese Art kam sie auch zu Bolla Östlund, die schmuck und fein neben einem übervollen Blumenfenster in ihrer Kammer saß. Sie war schön, wie ein glücklicher Mensch es mit fünfundsiebzig Jahren sein kann, mit kleinen blassen Röslein auf den Wangen, einer Stirn, die ganz ohne Runzeln war, und einem munteren Leuchten in den Augen.

Die Alten im Versorgungshaus haben eine kleine Schwäche dafür, immer wissen zu wollen, was sich in der Gemeinde ereignet und zuträgt, und so gab sich die Alte nicht eher zufrieden, bis sie nicht wußte, warum die Lehrerin gekommen war. Aber kaum hatte sie gehört, um was es sich handelte, als sie bat, sich die Liste ansehen zu dürfen. Nachdem sie ihre Augengläser aufgesetzt und die kleinen Summen geprüft hatte, die da verzeichnet standen, lächelte sie ein wenig.

»Die Frau Lehrerin will meinen Namen vielleicht nicht dabei haben«, sagte sie. »Die Groschen, die eine alte Armenhäuslerin entbehren kann, sind wohl gar zu wenig. Ich verschandle der Frau Lehrerin am Ende die ganze Liste.«

Aber seht ihr, das meinte Fräulein Emanuelsson gewiß nicht. Bolla Östlunds Name war der beste, den sie nur dabei haben konnte.

Die Alte zierte sich noch ein bißchen, aber dann nahm sie die Feder, die die andere mithatte, kritzelte ihren Namen hin und schrieb dann einen Fünfer und eine Null in die erste Ziffernkolonne.

Als die Lehrerin die Liste wieder an sich nahm, sah sie ein bißchen bedenklich drein.

»Sie haben sich wohl verschrieben, Bolla?« sagte sie. »Die Ziffern hätten wohl in der andern Reihe stehen sollen?« Bolla Östlund merkte, daß die Lehrerin glaubte, sie hätte fünfzig Öre zeichnen wollen, und da fing sie laut zu lachen an.

»Es ist schon recht so, Frau Lehrerin, es ist schon so recht, wie es steht«, sagte sie. Und damit fing sie an, die eine Banknote nach der anderen hervorzukramen.

* *
*

Die prächtige alte Volksschullehrerin war nie in ihrem Leben erstaunter gewesen, und sie sagte mit großer Bestimmtheit, daß sie das Geld nicht nehmen könne, bevor sie nicht wisse, wie Bolla dazu gekommen sei. Und da es sich so gut traf, daß sie allein im Zimmer waren, bekam sie die ganze Geschichte zu hören, sowohl die von der Holzbibel, die die Alte ihr ganzes Leben lang versucht hatte aus der Kirche wegzubringen, wie die von der merkwürdigen Bibel aus Gammal-Svenskby, die die Ihren aus dem Lande der Knechtschaft geführt hatte und nun eine eigene Kirche und einen eigenen Altar haben sollte, um darauf zu ruhen.

Fräulein Emanuelsson war recht niedergedrückt gewesen, als sie in das Altersheim gekommen war, denn sie fand, daß es mit der Sammlung gar zu langsam vorwärts ging; und sie hätte nichts dagegen gehabt, mit ganzen fünfzig Kronen auf der Liste wieder fortzugehen, aber als die gute brave Seele, die sie war, ward sie von Mitleid mit Bolla Östlund ergriffen. Sie fing an, ihr zuzureden, ihr Geld doch so zu verwenden, wie sie es sich ursprünglich gedacht hatte. Um ihr die Sache noch lockender zu machen, malte sie ihr aus, wie schön es an dem Tage, an dem ihre Bibel auf dem Altar lag, in der Kirche sein würde.

Der Pfarrer würde sicherlich von der Kanzel aus ein paar Worte über die Spenderin sagen und ihren Namen nennen. Zum Schluß ließ sie auch etwas darüber fallen, daß Bolla nun schon fünfundsiebzig Jahre alt war. Vielleicht würde sie nicht die Zeit haben, neue fünfzig Kronen zusammenzusparen, und dann wäre ja ihr ganzes Leben verpfuscht.

Aber o nein! Der Rat wurde nicht angenommen. Bolla Östlunds Entschluß war schon längst gefaßt. Das Geld sollten die Svenskbyer haben.

»Aber Sie müssen sich doch sagen, Bolla, daß fünfzig Kronen nicht genug sind, um eine Kirche zu bauen«, sagte die Lehrerin. »Die langen zu nicht viel mehr als zu einem Stein in der Kirchenmauer.«

Jetzt lachte die Alte nicht mehr. Dies verdroß sie.

»Ja, freilich, wir Alten hier im Versorgungshaus, wir sind so dumm, nicht wahr?« sagte sie, »und die Frau Lehrerin ist so klug. Aber nun habe ich das Meinige getan, und nun überlasse ich Ihm, der Himmel und Erde aus dem Nichts geschaffen hat, das Werk zu vollenden. Und wir werden ja sehen, ob er die Macht hat, damit fertig zu werden.«

Aber nachdem so starke Worte gefallen waren, sah die Lehrerin ein, daß hier nichts anderes zu tun war, als die fünfzig Kronen in Dankbarkeit anzunehmen.

Etwas später am Nachmittag kam Fräulein Emanuelsson zu dem Bezirksrichter in Ingersrud. Jetzt war sie nicht mehr niedergeschlagen. Wie sie so ging, hatte sie an Bolla Östlund gedacht, und je mehr sie an sie gedacht hatte, desto fröhlicher und mutiger war ihr ums Herz geworden. Darum ging sie ganz unverzagt zu dem Herrn Bezirksrichter hinein und legte ihm ihre Liste vor.

Der Bezirksrichter trat auch sofort an sein Schreibpult, tauchte die Feder ein und schrieb seinen Namen. Dann grübelte er ein wenig nach, was er wohl geben sollte. Er fand, daß zwei Kronen genug wären, aber dann dachte er daran, was für ein mächtiger Mann er im Kirchspiel war, und so schrieb er eine Fünf in die erste Ziffernkolonne.

Erst nachdem dies geschehen war, fiel es ihm ein, nachzusehen, was für andere Namen auf der Liste standen.

»Wer ist denn die, die Bolla Östlund heißt und fünfzig Kronen gegeben hat?« rief er.

Als die Frau von jemandem hörte, der fünfzig Kronen gegeben hatte, wurde sie neugierig. Sie stellte sich hinter den Mann und sah sich die Liste an.

»Hier im Kirchspiel gibt es doch niemanden anderen, der Bolla Östlund heißt, als die im Versorgungshaus?«

»Es ist auch keine andere als eben sie, die sich mit fünfzig Kronen eingeschrieben hat«, sagte nun die Volksschullehrerin, und dann erzählte sie die ganze Geschichte von der Holzbibel und der Svenskbyer Bibel.

Mitten in der Erzählung beugte sich die Frau zu dem Mann hinunter und flüsterte ihm zu: »Das sieht aber doch ein bißchen komisch aus: fünfzig Kronen von Bolla Östlund im Armenhaus und fünf Kronen von Bezirksrichter Nils Andersson auf Ingersrud. Obendrein stehen die Zahlen noch dicht untereinander!«

Der Bezirksrichter saß still mit der Feder in der Hand da und hörte aufmerksam zu. Aber hier und da blinzelte er mit einem Auge, drehte den Kopf und warf einen Blick auf die Liste. Als Fräulein Emanuelsson fertig erzählt hatte, senkte er die Hand und zeichnete einen Strich vor den Fünfer, so daß nun fünfzehn dastand.

»Ja, das geht ja so halbwegs«, sagte die Frau, aber in etwas unsicherem und zögerndem Ton.

Der Bezirksrichter war selbst auch nicht so recht zufrieden. Er saß noch immer mit der Feder in der Hand da. Er drehte den Kopf hin und her, blinzelte mit dem einen Auge und schien recht ungehalten über das, was er da vor sich auf dem weißen Papier sah.

»Ja, wenn wir es so sagen sollen wie es ist«, sagte seine Frau und versuchte ihm zu Hilfe zu kommen, – »so haben wir auch solch eine alte Holzbibel, die wir gerne weg haben möchten. Ich meine den alten Erker, der schon so schief und baufällig aussieht. Oft und oft haben wir davon gesprochen, daß er eingerissen werden sollte, so daß wir eine nette Glasveranda anbauen können. In ein paar Tagen hätte ja die Arbeit beginnen sollen, aber eher, als daß wir uns von einer Armenhäuslerin zu schämen brauchen, sage ich für mein Teil, daß der Erker einstweilen nur so bleiben soll, wie er ist.«

Als die Frau dies gesagt hatte, senkte der Bezirksrichter ganz sachte die Hand auf das Papier und zeichnete eine Null nach dem Fünfer.

»Was sagst du dazu?« sagte er und zeigte der Frau, was er geschrieben hatte.

»Ich sage, daß ich glaube, Bollas fünfzig Kronen bringen Segen«, sagte die Frau.

* *
*

Die alte Volksschullehrerin ging mit leichten Schritten über den Weg. Es begann spät zu werden, aber da sie an diesem Tag Glück zu haben glaubte, wollte sie auch noch bei dem Dorfkrämer in Västansjö einsprechen, bevor sie wieder zu sich nach Hause ging.

Als sie in den Laden trat, stand der Kaufmann über den Ladentisch gebeugt und sprach mit ein paar jungen Mädchen. Es waren Anna und Emilie Andersson, die Töchter des Bezirksrichters auf Ingersrud. Sie waren auf einer Radpartie und hatten hier absteigen müssen, um ihre Radlaternen richten zu lassen, die nicht brennen wollten. Als Fräulein Emanuelsson in den Laden trat, erklärten sie dem Kaufmann gerade, woran der Fehler lag, und er hörte sehr artig und beflissen zu, wie es natürlich war, da der Bezirksrichter zu seinen besten Kunden gehörte.

Hinter Anna und Emilie, ja eigentlich fast an der Türe, stand ein anderes junges Mädchen, das sich gar nicht an dem Gespräch beteiligte. Das war Fräulein Björkbor, die Besitzerin des anderen Kaufladens im

Dorfe Västansjö. Sie war mit den Mädchen aus Ingersrud fort gewesen, und darum war sie mit ihnen in den Laden gekommen. Sie und der Kaufmann waren sonst durchaus keine guten Freunde, sie pflegten nie miteinander zu sprechen, so daß Fräulein Emanuelsson ein wenig erstaunt war, als sie sie jetzt im Laden des Konkurrenten stehen sah.

Anna und Emilie machten ihrer alten Lehrerin sofort Platz, und Fräulein Emanuelsson ging geradeswegs auf den Ladentisch zu und reichte dem Kaufmann ihre Liste. Und obgleich sie jetzt schon zu merken begann, was für eine mächtige und wunderbare Liste sie da in der Hand hatte, sagte sie doch ebenso bescheiden und anspruchslos wie immer: »Ich habe da eine kleine Liste für die Svenskbyer mitgebracht. Sie sind doch so gütig, Herr Johansson und schreiben sich mit ein paar Kronen ein?«

»Gewiß, schon dem Fräulein zuliebe«, sagte der Kaufmann artig und nahm die Liste.

Er entfaltete den Bogen, sah sofort nach, welche Namen dastanden und rief:

»Wer ist denn die, die Bolla Östlund heißt und fünfzig Kronen gegeben hat?«

»Es gibt doch keine andere Bolla Östlund als die im Altersheim«, sagte Emilie Andersson.

Die Lehrerin erklärte ganz wie bei ihrem vorigen Besuch, daß es tatsächlich die alte Bolla im Versorgungshaus war, die die fünfzig Kronen gezeichnet hatte, und dann erzählte sie ihnen die ganze Geschichte von der Holzbibel und von der Glasveranda des Herrn Bezirksrichters.

Der Kaufmann und die drei Mädchen hörten anfangs etwas zerstreut zu, aber als sie hörten, wie die Frau Bezirksrichter ihren Mann dazu gebracht hatte, hundertfünfzig Kronen zu zeichnen, wurden sie sehr eifrig. Die beiden Töchter strahlten vor Befriedigung, und das Mädchen, das sich in ihrer Gesellschaft befand, kam näher.

»Ja, das ist eine schwierige Sache«, sagte der Kaufmann, nachdem er die Geschichte gehört hatte, und machte ein sehr schlaues Gesicht. »Man will ja gerne zeigen, daß man ein bißchen besser dran ist als Bolla Östlund. Aber wenn sich ein armer Handelsmann mit ebensoviel einschreibt wie der Herr Bezirksrichter, so kann das vielleicht unschicklich aussehen.«

»Ach, unser Vater würde das nicht übelnehmen«, sagte Anna Andersson.

Der Kaufmann sah sich die Liste nochmals an und schüttelte den Kopf, und man brauchte nicht sehr helle zu sein, um zu merken, daß er geradezu vor Begierde brannte, den Anwesenden zu zeigen, daß er es, was das Geld anbelangt, mit dem Herrn Bezirksrichter schon aufnehmen konnte.

»Der Herr Johansson hat vielleicht auch so eine Holzbibel, die sich bis zum nächsten Jahr gedulden kann«, sagte eine spöttische Stimme.

Der Kaufmann sah auf. Ja, es war Fräulein Björkbom, die Konkurrentin, die gesprochen hatte und nun dastand und über ihr ganzes schöne Gesicht spöttisch lächelte.

* *
*

Der Kaufmann war nicht faul, ihr zu antworten. Er ging in das anstoßende Zimmer und holte Feder und Tinte.

»Hier«, sagte er und wies auf den Federstiel, »hier ist meine Holzbibel. Jawohl, es ist schon, ich weiß gar nicht wie lange, all mein Sehnen und Trachten gewesen, ihn durch eine Schreibmaschine zu ersetzen. Aber nun muß er eben noch ein Jahr lang Dienst tun.«

Damit beugte er sich über die Liste und schrieb sich mit einhundertfünfzig Kronen ein.

Als dies geschehen war, rollte er die Liste zwischen den Händen zusammen.

»Nun ist aber Fräulein Björkbom an der Reihe, nachzudenken, ob sie nicht auch so eine Holzbibel hat, die bis zum nächsten Jahre warten kann«, sagte er, und zugleich flog die Liste über Annas und Emilies Köpfe zu Fräulein Björkbom hinüber.

Aber bei den Worten des Kaufmanns war Fräulein Björkbom ganz blaß geworden, und ihr spöttisches Lächeln war verschwunden. Denn niemand wußte besser als sie, was es bedeutete, wenn Herr Johansson sich eine Schreibmaschine anschaffte. Was für ein Ansehen würde es seinem Laden geben, wenn man das Klappern einer Schreibmaschine hörte, sowie man nur zur Türe hereinkam. Wie würde das seine Stellung stärken, wenn seine Rechnungen maschinengeschrieben ausgeschickt wurden? Das wäre ein unerhörtes Übergewicht. Sie fühlte, wie sie innerlich erzitterte.

»Ja«, sagte sie und trat an den Ladentisch und nahm die Feder, »meine Holzbibel, das ist wohl die alte Laute, auf der ich hier und da zu klimpern pflege und die ich schon so lange mit einem Radio vertauschen wollte. Aber nun muß ich diesen Gedanken wohl noch für eine Zeitlang fahren lassen.«

Der Kaufmann stand da und sah ihr zu, wie sie ihren Namen auf die Liste schrieb. Er wußte, daß sie den Kunden vorzusingen und vorzuspielen pflegte, und daß schon dies recht gefährlich gewesen war. Aber wie wäre es erst gegangen, wenn sie sich einen Lautsprecher angeschafft hätte? Dann hätte er gleich zusperren können.

Als Fräulein Björkbom fertig geschrieben hatte, hob sie den Kopf und lächelte Herrn Johansson zu.

»Sie haben eine so schöne Schrift, Herr Johansson. Sie brauchen gar keine Schreibmaschine.«

Darauf erwiderte Herr Johansson:

»Wer eine so herrliche Stimme hat wie Sie, Fräulein Björkbom, braucht sich wirklich kein Radio anzuschaffen.«

Worauf ihre Augen tief ineinander tauchten wie in unsäglichem Staunen, daß sie sich je in Feindschaft begegnen konnten.

Fräulein Björkbom war diejenige, die sich zuerst losriß. Sie nahm die Liste und reichte sie Fräulein Emanuelsson.

»Ich muß vielmals danken, ich muß ganz ergebenst danken«, sagte diese und knickste.

»Gehen Sie nie mehr mit dieser Liste herum, Frau Lehrerin«, sagte der Kaufmann. »Sie richten sonst das ganze Kirchspiel zugrunde. Die ist ja verzaubert.«

»Es ist ein altes liebevolles Herz, von dem dieser Zauber ausgeht«, sagte die Lehrerin und knickste zur Ladentür hinaus.

Zur Auswanderungsfrage

Da saßen der Propst und der Hilfsprediger und der Amtmann von Högbro und der Sägewerksbesitzer von Hyllinge und der kleine Stationsinspektor von der schmalspurigen Bahn beisammen und auch ein paar Bauern und Dorfkrämer.

Sie hatten die Jahresversammlung der Sparkasse abgehalten, aber jetzt waren alle Rechnungen durchgenommen, und der Ausschuß hatte das Absolutorium bekommen, und die Revisoren für das nächste Jahr waren gewählt, und der Vorsitzende hatte mit dem Hammer auf den Tisch geschlagen und die Sitzung für geschlossen erklärt. Nun stand es ihnen frei, auseinander zu gehen, aber sie waren doch um den großen Tisch des Banklokals sitzen geblieben, um ihre Gedanken und Ansichten auszutauschen.

Und als sie ein Weilchen über andere Dinge hin und her geredet hatten, kamen sie auf die Auswanderungsfrage.

Und da sagten ein paar von ihnen, das Geld, das aus Amerika hereinkäme, das sei so wenig, daß es gar nicht der Rede wert wäre.

Und andere sagten, daß die, die fortführen, mehr Geld aus dem Lande brachten, als irgend jemand wußte.

Und einige behaupteten wieder, daß es bald ganz unmöglich sein würde, die Erde in diesem Kirchspiel zu bestellen, weil alle Arbeiter auf und davon gingen. Und diese große Arbeit, die Senkung des Seegrundes, die sie hatten vornehmen wollen, die konnte gar nicht zustandekommen, weil alle jungen und tatkräftigen Leute fortgezogen waren.

Und der eine oder andere meinte, es liege an der Auswanderung, daß sie eine so furchtbar große Armensteuer zu tragen hatten; denn wenn alle Jungen, die für die Alten sorgen sollten, sich aus dem Staube machten, könne es ja gar nicht anders kommen.

Und andere wiederum sagten, das ganze Land sei in Gefahr; denn wenn alle, deren Aufgabe es war, es zu verteidigen, einfach auf und davon gingen, konnte uns ja der Feind jederzeit unterkriegen, wenn es ihm so beliebte.

Und der eine war eifriger als der andere, seine Ansicht vorzubringen, aber dann wurde es auf einmal ganz still. Der Propst hatte eine Bewegung gemacht. Er hatte bis dahin nichts gesagt, und nun erwarteten sie, daß er seine Meinung aussprechen würde.

Denn seht, der Propst war so, daß er meist eine Meinung für sich hatte, die der aller andern gerade entgegengesetzt war; und wenn man sich auch noch so fest im Sattel glaubte, so war man doch nie sicher, daß er nicht ein paar Worte sagte, die einem die festesten Ansichten geradezu auf den Kopf stellten. Und als es nun aussah, als ob der Propst sich aussprechen wollte, wurden sie sofort ein bißchen unruhig, die Handelsleute und die Bauern und der Sägewerksbesitzer aus Hyllinge und der Amtmann und der Stationsinspektor der neuen Bahn.

Aber der Propst sagte nicht ein Wort, sondern saß ganz still da wie zuvor, und da wurden sie wieder eifriger und selbstsicherer. Denn sie waren ja doch eigentlich in tiefster Seele überzeugt, daß der Propst in diesem Falle keine Einwände erheben konnte, sondern zu ihnen halten mußte. Denn daß die Auswanderung dem Lande zum Schaden gereichte, das war wohl unbestreitbar.

Und dann fingen sie an, von all den hellen Köpfen zu reden, die für Schweden verloren gingen, und von all dem Unternehmungsgeist, der nun einem andern Lande zugute kam.

Und einige sprachen von all jenen, die untergingen. Es gab ja hie und da einen, der dort draußen sein Glück machte, doch all die, die in Not und Elend verkamen, von denen hörte man nie etwas.

Und einige sagten, mit denen, die fortführen, wäre es ja nicht so arg, wenn sie nur den Verstand hätten, nicht diese Photographien nach Hause zu schicken, auf denen sie in Seide und Samt gekleidet waren; denn just diese Photographien machten die Leute hier daheim ganz krank vor Sehnsucht, auch draußen ihr Glück zu probieren.

Und einige sprachen davon, wie unnütz und schädlich es für die Menschen dieses Landes war, nach Amerika zu fahren. Man sah es ja. Wenn sie nach Hause zu Besuch kamen, dann waren sie ja so sonderbar und verdreht, daß man es kaum mit ihnen aushalten konnte.

Die ganze Zeit saß der Propst schweigend da, aber nun merkte einer, wie er den Kopf drehte und gleichsam ein kleines Sonnenfunkeln in seine Augen kam. Er stieß die andern an, und in dem Gespräch entstand sofort eine Pause, denn man wollte hören, was der Propst zu sagen hatte. Aber auch diesmal kam es nicht dazu, daß er sich äußerte. Und das war ja nicht zu verwundern. Es war ja ganz unmöglich, daß er in einer solchen Sache anders denken konnte als die andern.

Und sie sagten, es gäbe Kirchspiele, wo die Häuser verlassen und leer standen, und man kaum einen lebenden Menschen traf. In Gemeinden, wo mehrere tausend Menschen gewohnt hatten, fand man jetzt nicht mehr als einige hundert.

Und sie sagten, es sei doch seltsam, daß die Leute nicht einsähen, wie unrecht es war, das Land zu verlassen, wo sie aufgewachsen waren. Wo Vater und Mutter sich hatten durchschlagen können, da konnten doch auch die Kinder bleiben und ihr Auskommen finden.

Denen, die ihr Vaterland verlassen hatten, wurde es ja doch nie so recht wohl, sagte ein anderer. Solange man jung war, ging es ja noch, aber wenn einmal das Alter kam, dann kam auch die Sehnsucht nach dem alten Lande.

Der Propst schwieg noch immer. Er saß in dem Präsidentensessel zurückgelehnt, groß und breit, die Hände über dem Leib gefaltet.

Nun beugte er sich über den Tisch vor, und dann fragte er ganz sanftmütig, wieviele wohl aus diesem Kirchspiele nach Amerika gefahren sein mochten.

Ja, die genaue Ziffer konnte ja niemand so aus freier Hand sagen, aber daß es wenigstens fünfhundert waren, glaubten sie ganz bestimmt.

Da beugte sich der Propst noch weiter über den Tisch vor und sah die, die rings um ihn saßen, mit festem Blick an.

»Nun möchte ich euch alle, die ihr so gegen die Auswanderung seid, eines fragen«, sagte er. »Was würdet ihr mit all diesen fünfhundert anfangen, wenn sie wiederkämen?«

Und damit lehnte er sich wieder zurück und kreuzte die großen Hände über dem Leib wie zuvor.

Als der Propst diese Frage gestellt hatte, öffnete der Amtmann von Högbro sofort den Mund um zu sagen, daß dies das beste wäre, was geschehen könnte. Aber da fiel ihm ein, daß er einen Bruder hatte, der vor langer Zeit nach Amerika gefahren war. Und wenn der nun zurückkäme, dann würde er wohl auch Anspruch auf den Besitz dieser Gemeindetrift erheben, die der Vater für ihn bestimmt hatte, aber für die er bisher keine Verwendung gehabt hatte. Und als der Amtmann nun daran dachte, welch gute Erde diese Trift hatte und wie er sie beackert und wieviel Arbeit er daran gewendet hatte, da preßte er die Lippen aufeinander und sagte kein Wort.

Der eine der Kaufleute hob auch den Kopf, er wollte sagen, daß der Tag, an dem die Amerikafahrer wiederkämen, ein Freudentag für ihn und für das ganze Kirchspiel sein würde. Aber da mußte er daran denken, daß dann auch eine Schwester von ihm wiederkommen würde, die ausgewandert war und sich dort draußen mit einem armen Burschen verheiratet hatte und nun als Witwe mit fünf oder sechs unversorgten Kindern dasaß, und daß es kein Spaß für ihn sein würde, diese ganze Gesellschaft auf den Hals zu bekommen. Und wie es nun war, so antwortete er dem Propst nicht, sondern fing an, seine Papiere zusammenzukramen, so als wollte er seiner Wege gehen.

Als der Stationsinspektor merkte, daß diese beiden, die den ganzen Abend so kühn ihre Meinung gesagt hatten, sich nicht aufraffen konnten, dem Propst zu antworten, wollte er eben rufen, an dem Tage, an dem die Amerikafahrer in seiner Station ausstiegen, würde er auf dem Bahnsteig stehen und ein Hurra auf sie ausbringen. Aber da fiel es ihm ein, daß er dort drüben eine hatte, der er einmal die Ehe versprochen und die er im Stich gelassen hatte. Das war nun schon viele Jahre her, aber so alt er war, es wäre ihm doch nicht lieb gewesen, ihr zu begegnen und zu hören, was sie alles Schweres hatte durchmachen müssen, ohne eine hilfreiche Hand, die sie stützte. Und anstatt dem Propst Rede und Antwort zu stehen, erhob er sich und sagte, er müsse nun gehen und das Pferd anschirren.

Als der Stationsinspektor seiner Wege gegangen war, hörte man ein längeres Räuspern von dem Sägewerksbesitzer. Aber gerade als er die Stimme erheben und sagen wollte, er könnte leicht fünfhundert Menschen Obdach und Auskommen verschaffen – diese Sache hätte keinerlei Schwierigkeit – kam es ihm in den Sinn, daß, wenn all die Fortgefahrenen wiederkämen, auch ein Sohn von ihm zurückkehren würde, der so verkommen und entartet war, daß er für ihn, seine Frau und für sein ganzes Haus eine Qual gewesen war. Und ganz leise begann er sich vom Tische zu entfernen und ging ins Nebenzimmer, um seine Überkleider zu suchen.

Zugleich mit ihm standen zwei Bauern auf. Denn der eine von ihnen hatte einen guten Freund drüben, und dieser Freund hatte ihm einiges Geld zur Verwaltung geschickt. Dieses Geld hatte bis vor ganz kurzer

Zeit gut verzinst in der Bank gelegen. Aber just vor ein paar Tagen hatte er sich genötigt gesehen, etwas davon zu entnehmen, um seiner Tochter die Hochzeit auszurichten. Und er konnte nicht behaupten, daß er wünschte, daß die Auswanderer zurückkämen, bevor er diese Sache erledigt und geordnet hatte.

Der andere, der zugleich mit ihm aufgestanden war, hatte einen Sohn dort drüben, der guttat und Weihnachten und Ostern Geld nach Hause schickte. Und er wußte nicht, wie er sich auf seinem Hofe halten sollte, wenn diese Sendungen aufhörten.

Der Kommissar saß noch an dem Tische, aber er dachte an einen Mann, der für die ganze Gegend ein Schrecken und eine Pein gewesen war und ihn selbst zu wiederholten Malen an Leib und Leben bedroht hatte. Und er sagte zu sich selbst, daß es nicht gerade wünschenswert wäre, daß dieser Mann zurückkehrte. Und auch er stand auf und kehrte sich der Wand zu und blieb da stehen und sah sich ein paar große Touristenvereinsplakate an, die da hingen.

Nun war nur mehr der eine der Handelsleute an dem Tische sitzen geblieben; doch ihm war es schon die ganze Zeit klar, daß das größte Unglück, das ihn treffen könnte, wäre, wenn der alte Handelsmann zurückkehrte, der ihm den Laden verkauft hatte und eine so große Geschicklichkeit im Geschäft besaß, und ein so anziehendes Wesen gegen die Kunden, daß er allen Handel im ganzen Kirchspiel an sich gelockt hätte, wenn er nicht auf den Gedanken verfallen wäre auszuwandern.

Bis dahin war der Propst stumm dagesessen und hatte gewartet. Aber als er merkte, daß niemand mehr am Tische saß als der kleinste und ärmste der Krämer, wandte er sich ihm zu. »Ja, was sagt Ihr zu der Sache, Söderberg?« fragte er.

»Ich mein halt, wie's kommt, so ist's wohl am besten«, sagte der Krämer.

»Ja, das habe ich mir gedacht«, sagte der Propst. »Ich wußte schon, daß Ihr zu dieser Meinung kommen würdet, wenn Ihr Euch nur die Zeit nehmt, die Sache zu überdenken.«

Onkel Ruben

Vor bald achtzig Jahren gab es einmal einen kleinen Buben, der auf den Markt ging und dort mit einem Kreisel spielte. Der kleine Junge hieß Ruben. Er war erst drei Jahre alt, schwang aber seine kleine Peitsche so tapfer wie nur einer und ließ den Kreisel schnurren, daß es eine Freude war.

An jenem Tage vor achtzig Jahren war es wirklich schönes Frühlingswetter. Der März war gekommen, und die Stadt war in zwei Welten geteilt, eine weiße, warme, wo Sonnenschein, und eine kalte, düstere, wo Schatten herrschte. Dem Sonnenscheine gehörte der ganze Markt bis auf einen schmalen Streifen längs der einen Häuserreihe.

Nun begab es sich, daß der kleine Knabe trotz seiner Tapferkeit von dem Kreiseldrehen müde wurde und sich nach einem Ruheplatze umsah. Ein solcher war nicht schwer zu finden. Dort gab es weder Bänke noch Sofas, aber jedes Haus war mit einer Steintreppe versehen. Der kleine Ruben konnte sich nichts Passenderes denken.

Er war ein gewissenhafter kleiner Bursche. Er hatte eine dunkle Ahnung, daß Mutter es nicht gern sehen würde, wenn er auf fremder Leute Treppen säße. Mutter war arm, aber gerade deshalb durfte es nie so aussehen, als wollte man etwas von anderen haben. Deshalb setzte er sich auf ihre eigene Steintreppe, denn sie wohnten auch am Markte.

Die Treppe lag im Schatten, und es war dort wirklich kalt. Der Kleine stützte den Kopf gegen das Geländer, zog die Beine in die Höhe und fühlte sich so wohl wie noch nie. Eine kleine Weile sah er noch den Sonnenschein draußen auf dem Markte tanzen, die Knaben umherlaufen und die Kreisel schnurren, – dann schloß er die Augen und schlief ein.

Er schlief gewiß eine ganze Stunde. Als er erwachte, ging es ihm nicht so gut wie beim Einschlafen, sondern alles kam ihm entsetzlich ungemütlich vor. Er ging weinend zu Mutter hinein, und Mutter sah, daß er krank war, und brachte ihn zu Bett. Und nach ein paar Tagen war der Knabe tot.

Doch damit ist seine Geschichte noch nicht zu Ende. Seine Mutter betrauerte ihn nämlich aus tiefstem Herzen mit einem Grame, der Tod und Zeit Trotz bietet. Mutter hatte mehrere andere Kinder, viele Sorgen nahmen ihre Zeit und ihre Gedanken in Anspruch, aber in ihrem Gemüte war stets ein Plätzchen, in welchem Ruben ganz ungestört wohnen konnte. Für sie war er stets lebend.

Sah sie eine Kinderschar auf dem Markte spielen, so lief er auch dort, und wenn sie drinnen im Hause beschäftigt war, glaubte sie steif und fest, daß der Kleine noch draußen auf der gefährlichen Steintreppe sitze und schlafe. Sicherlich war keines von Mutters lebenden Kindern ihren Gedanken so gegenwärtig wie das tote.

Einige Jahre nach seinem Tode bekam der kleine Ruben eine Schwester, und als diese so alt war, daß sie draußen auf dem Markte umherlaufen und mit dem Kreisel spielen konnte, begab es sich, daß auch sie sich zum Ausruhen auf die Steintreppe setzte. In demselben Augenblicke aber hatte Mutter das Gefühl, als zupfe sie jemand am Kleide. Sie eilte sofort hinaus und faßte die kleine Schwester, wie sie sie aufhob, so hart an, daß diese sich ihr ganzes Leben lang daran erinnerte.

Und noch weniger vergaß sie, welch ein eigentümliches Gesicht Mutter dabei gemacht und wie ihre Stimme gezittert, als sie gesagt hatte:

»Weißt du, daß du einst einen kleinen Bruder hattest, der Ruben hieß? Er ist gestorben, weil er auf dieser Steintreppe saß und sich dabei erkältete. Du willst deiner Mutter doch nicht auch totbleiben, Berta?«

Bruder Ruben war seinen Geschwistern bald ebenso gegenwärtig wie seiner Mutter. Sie hatte solchen Einfluß auf ihre Kinder, daß alle mit ihren Augen sahen, und bald waren sie ebenfalls imstande, ihn draußen auf der Steintreppe sitzen zu sehen. Ja, sowie sie jemand auf einer Steintreppe, einem steinernen Geländer oder einem Steine am Wegrande sitzen sahen, fühlten sie stets einen Stich im Herzen und dachten an Bruder Ruben.

Schließlich kam es mit Bruder Ruben so, daß er von allen Geschwistern für den Besten gehalten wurde, wenn sie von ihm sprachen. Denn die Kinder wußten ja alle, daß sie eine lästige, ärgererregende Gesellschaft waren, die der Mutter nur Mühe und Verdruß machte. Sie konnten sich nicht denken, daß Mutter sich über den Verlust eines von ihnen sehr grämen würde. Da Mutter sich aber um Bruder Ruben wirtlich grämte, mußte er ganz gewiß viel artiger gewesen sein als sie.

Es kam gar nicht selten vor, daß einer von ihnen dachte: »Ach, wer doch Mutter so viel Freude machen könnte wie Bruder Ruben!« Und doch wußte keiner mehr von ihm, als daß er Kreisel gespielt und sich auf einer Steintreppe erkältet hatte. Aber er mußte ja ein ganz besonderer Junge gewesen sein, da Mutter solche Liebe für ihn hegte.

Er war auch ein ganz besonderer Junge, von allen Kindern machte er Mutter am meisten Freude. Sie war Witwe und mußte in Not und Kummer arbeiten. Die Kinder aber glaubten so fest an Mutters Gram um den kleinen dreijährigen Knirps, daß sie überzeugt waren, Mutter würde gar nicht über ihre schlechten Verhältnisse trauern, wenn er nur am Leben geblieben wäre. Und jedesmal, wenn sie Mutter weinen sahen, glaubten sie, es sei um Bruder Rubens Tod oder weil sie selber nicht so waren wie Bruder Ruben.

Sehr bald erwachte in ihnen die immer stärker werdende Lust, mit dem verstorbenen Kleinen um Mutters Zuneigung zu wetteifern.

Es gab nichts, was sie nicht für Mutter gern getan hätten, wenn diese sie nur ebenso lieb wie Bruder Ruben hätte haben wollen.

Und dieses Sehnens halber, glaube ich, war Bruder Ruben das nützlichste von Mutters sämtlichen Kindern.

Denkt nur, der älteste Bruder hatte dadurch, daß er einen Fremden über den Fluß gerudert, sein erstes Geld verdient und brachte Mutter die ganze Summe, ohne auch nur einen Pfennig für sich zu behalten! Da sah Mutter so froh aus, daß sein Herz vor Stolz schwoll und er nicht umhin konnte, zu verraten, wie maßlos ehrgeizig er war!

»Mutter, bin ich jetzt nicht ebenso gut wie Bruder Ruben?«

Mutter sah ihn prüfend an. Sie schien sein gesundes, strahlendes Gesicht mit dem kleinen bleichen draußen auf der Steintreppe zu vergleichen. Und Mutter hätte ganz gewiß am liebsten Ja gesagt, wenn sie es gekonnt hätte, aber Mutter konnte nicht.

»Mutter hat dich sehr lieb, Iwan, aber so wie Bruder Ruben wirst du nie.«

Es war unüberwindlich, das sahen alle Kinder ein, und dennoch konnten sie es nicht lassen, danach zu streben.

Sie wuchsen zu tüchtigen Menschen heran, sie erwarben sich durch fleißige Arbeit Vermögen und Ansehen, während Bruder Ruben nur still auf seiner Steintreppe saß. Und dennoch war er ihnen voraus. Er war unerreichbar.

Und bei jedem Fortschritte, bei jeder Verbesserung, als es ihnen allmählich gelang, Mutter ein gemütliches Heim und Wohlstand zu bieten, mußte es ihnen Lohn genug sein, daß Mutter sagte: »Ach, hätte doch mein kleiner Ruben dies sehen können!« Bruder Ruben begleitete Mutter durchs ganze Leben, selbst auf dem Totenbette war er noch bei ihr. Er nahm den Todesqualen ihren Stachel, da sie ja wußte, daß die Todespein sie zu ihm führte. Mitten unter den größten Schmerzen lächelte Mutter bei dem Gedanken, daß sie ihrem kleinen Ruben entgegengehe.

Und dann starb sie, deren treue Liebe ein unbedeutendes, kleines dreijähriges Kind erhöht und vergöttert hatte.

Doch auch damit war die Geschichte des kleinen Ruben noch nicht zu Ende.

Allen seinen Geschwistern war er ein Symbol des strebsamen Lebens im Elternhause, der Liebe zur Mutter und all der rührenden Erinnerungen aus den Jahren der Mühen und Sorgen geblieben. Es lag stets etwas Warmes, Liebevolles in ihrer Stimme, wenn sie von ihm sprachen. Friede und Feiertagsstimmung umschwebten den kleinen Dreijährigen.

Auf diese Weise glitt er auch unmerklich in das Leben seiner Geschwisterkinder hinein.

Mutters Liebe hatte ihn zu einer Größe gemacht, und die Großen wirken und haben Einfluß auf alle kommenden Geschlechter.

Schwester Berta hatte einen Sohn, der viel mit Onkel Ruben in Berührung kam.

An dem Tage, als er vier Jahre alt war, saß er auf dem Trottoirrande und starrte in den Rinnstein. Dort wälzten sich Regenwasserfluten. Späne und Strohhalme schwammen mit abenteuerlichen Drehungen auf dem seichten Fahrwasser abwärts. Der Kleine sah ihnen mit der behaglichen Ruhe zu, die man empfindet, wenn man dem abenteuerlichen Leben anderer mit Interesse folgt, während man selber in Sicherheit ist.

Doch sein friedliches Philosophieren wurde von seiner Mutter unterbrochen, die in demselben Augenblicke, als sie ihn so sitzen sah, an die Steintreppe ihres Elternhauses und an Bruder Ruben denken mußte.

»Oh, mein lieber kleiner Junge«, sagte sie, »da darfst du nicht sitzen. Deine Mama, sage ich dir, hatte ein Brüderchen, das Ruben hieß und vier Jahre alt war, wie du es jetzt bist. Es starb, weil es auf einem solchen Trottoirrande saß und sich dabei erkältete.«

Dem Kleinen paßte es nicht, daß er in seinen angenehmen Gedanken gestört wurde. Er blieb ruhig sitzen und philosophierte weiter, während ihm sein krauses, blondes Haar bis in die Augen herabfiel.

Schwester Berta hätte es für keinen andern getan, aber um ihres lieben Bruders willen schüttelte sie ihren kleinen Jungen ziemlich unsanft. Und so mußte er lernen, vor Onkel Ruben Respekt zu haben.

Ein andermal war dieser blondlockige junge Herr draußen auf dem Eise gefallen.

Er war aus reiner Bosheit von einem unartigen großen Jungen umgestoßen worden und blieb nun weinend auf dem Eise sitzen, um ordentlich zu zeigen, wie schlecht er behandelt worden, um so mehr, als seine Mutter nicht weit davon sein konnte.

Doch er hatte vergessen, daß seine Mutter vor allem anderen Onkel Rubens Schwester war. Als sie Axel auf dem Eise sitzen sah, kam sie durchaus nicht mit tröstenden, beruhigenden Worten herbei, sondern nur mit dem ewigen:

»Da darfst du nicht sitzen, mein kleiner Junge! Denk' an Onkel Ruben, der starb, weil er sich in eine Schneewehe gesetzt hatte, als er, wie du, fünf Jahre alt war!«

Der Knabe stand sofort auf, wie er von Onkel Ruben reden hörte, aber er fühlte eisige Kälte bis ins Herz hinein. Wie konnte Mama von Onkel Ruben schwatzen, wenn ihr kleiner Junge so betrübt war. Axels wegen konnte der Onkel sitzen und sterben, wo er Lust hatte, jetzt aber war es, als wolle ihm der Tote seine eigene Mama nehmen, und das konnte Axel nicht erlauben. So lernte er Onkel Ruben hassen.

Hoch oben im Treppenhause in Axels Heim gab es ein steinernes Geländer, auf dem es sich zum Herzklopfen schön saß. Tief drunten lag der Steinfußboden des Vorplatzes, und der oben auf dem Geländer Reitende konnte davon träumen, daß er über Abgründe hinsprenge. Axel nannte das Geländer sein gutes Roß Grane. Auf dessen Rücken sprengte er über brennende Wallgräben in verzauberte Schlösser hinein. Dort saß er stolz und trotzig, während seine dicken Locken non dem heftigen Ansturme wehten, und kämpfte als Sankt Georg mit dem Drachen. Und noch war es Onkel Ruben nicht eingefallen, dort reiten zu wollen.

Natürlich aber kam er auch dorthin. Gerade, wie der Drache sich in Todesangst wand und Axel in stolzer Siegesgewißheit dasaß, hörte er das Kindermädchen rufen:

»Da darfst du nicht sitzen, Axelchen! Denk' doch an Onkel Ruben, der auch acht Jahre alt war wie du und starb, weil er sich zum Reiten auf ein steinernes Geländer gesetzt hatte. Hier darf Axel nie wieder sitzen.«

Welch ein neidischer alter Schafskopf, dieser Onkel Ruben! Er ärgerte sich gewiß darüber, daß Axel Drachen tötete und Prinzessinnen rettete. Wenn er das nicht ließe, würde Axel ihm zeigen, daß auch er Ehre gewinnen konnte. Wenn er nun hinabspränge und sich auf dem Steinfußboden totschlüge, würde jener große Lügner sich schön verdunkelt fühlen.

Armer Onkel Ruben! Armer kleiner Junge, der einst auf dem sonnenbeleuchteten Markte Kreisel gespielt hatte! Jetzt mußte er erfahren, was es heißt, ein großer Mann zu sein. Eine Vogelscheuche war er geworden, welche die gegenwärtige Zeit der Zukünftigen aufstellte. –

Es war draußen auf dem Lande bei Onkel Iwan. Eine ganze Menge Vettern und Cousinen waren auf dem herrlichen Gute zu Besuch. Axel ging still umher, ganz erfüllt von seinem Hasse gegen den großen Onkel Ruben. Er wollte nur wissen, ob dieser noch sonst jemand quälte als ihn. Doch etwas schreckte ihn ab, danach zu fragen. Es war ihm, als würde er damit eine Freveltat begangen haben.

Endlich blieben die Kinder allein. Keiner von den Großen war zugegen. Da fragte Axel die anderen, ob sie von Onkel Ruben gehört hätten.

Er sah es in den Augen aufblitzen und viele kleine Fäuste sich ballen, aber die kleinen Münder schienen Ehrfurcht vor Onkel Ruben gelernt zu haben. »Sei ja still«, sagte die ganze Schar.

»Nein«, erklärte Axel, »jetzt will ich wissen, ob er noch weiter jemand quält, denn ich finde, daß er der greulichste von all meinen Onkeln ist.«

Dieses eine mutige Wort brach den Damm, der dem Grolle gequälter Kinderherzen gesetzt war. Es gab großen Lärm und wildes Durcheinanderrufen. So mag eine Nihilistengesellschaft aussehen, wenn sie den Zaren schmäht.

Nun wurde das Sündenregister des großen Mannes aufgestellt. Onkel Ruben verfolgte alle seine Geschwisterkinder. Onkel Ruben starb, wo es ihm gefiel. Onkel Ruben war immer gerade so alt wie derjenige, dessen Ruhe er stören wollte.

Und Respekt mußte man vor ihm haben, obwohl er ganz entschieden ein Lügner war. Ihn aus tiefster Seele hassen, das konnte man sich erlauben, aber ihn zu ignorieren oder ihn gar zu verachten, nein, das ging nicht an.

Welch eine Miene die Alten aufsetzten, wenn sie von ihm sprachen! Hatte er denn je etwas Besonderes geleistet! Sterben ist doch nichts so Wunderbares. Und was er auch für Großtaten ausgeführt haben mochte, jetzt – soviel war sicher – mißbrauchte er seine Macht. Er war den Kindern in allem, wozu sie Lust hatten, entgegen, die alte Vogelscheuche. Er trieb sie vom Mittagsschlafe auf dem Rasen auf. Er hatte den besten Versteckplatz im Parke aufgespürt und seine Benutzung verboten.

Jetzt war er erst ganz kürzlich darauf verfallen, ungesattelte Pferde zu reiten und auf dem Heuwagen zu fahren.

Sie mußten alle ganz gewiß, daß der Ärmste überhaupt nicht älter als drei Jahre geworden war. Und jetzt überfiel er große Vierzehnjährige und behauptete in ihrem Alter zu sein. Darüber konnte man sich am allermeisten ärgern.

Unglaubliche Dinge kamen von ihm an den Tag. Er hatte vom Brückenkasten aus Ellritzen geangelt, er war in dem kleinen Kahne ausgerudert, er war in die Weide dort geklettert, die über dem Wasser hing, und in der es sich so gemütlich saß, ja, er hatte sich sogar auf Pulverfässern schlafen gelegt.

Sie waren jedoch alle fest davon überzeugt, daß man seiner Tyrannei nicht entfliehen konnte. Es war eine Erleichterung, daß man sich hatte aussprechen können, aber kein Hilfsmittel. Man konnte sich gegen Onkel Ruben nicht empören. – Man sollte es eigentlich nicht glauben, aber als diese Kinder groß wurden und selbst Kinder hatten, begannen sie sofort, Onkel Ruben auszunutzen, geradeso wie ihre Eltern vor ihnen es getan hatten.

Und ihre Kinder wiederum, d. h. die jetzt aufwachsende Jugend, sind so darauf eingelernt, daß es einmal im Sommer auf dem Lande vorkam, daß ein fünfjähriger Knirps zu der alten Großmutter Berta, die sich, während sie auf den Wagen wartete, auf einen Treppenabsatz gesetzt hatte, sagte:

»Großmutter, du hattest einmal einen Bruder, der Ruben hieß.«

»Du hast recht, mein kleiner Junge«, erwiderte die Großmutter, sofort aufstehend.

Dies war für die ganze Jugend ein ebensolcher Anblick, als hätten sie einen von den alten Karolinern[1] sich vor König Karls Bilde beugen sehen.

1   Soldaten Karls XII.

Es stieg ihnen eine Ahnung auf, daß Onkel Rubens Größe dauernd sein müsse, weil er so sehr geliebt worden war.

Heutzutage, da jede Größe so scharf kritisiert wird, muß man maßvoller als früher von ihm Gebrauch machen. Seine Altersgrenze ist niedriger, Bäume, Boote und Pulverfässer sind sicher vor ihm, aber nichts Steinernes, das sich zum Sitzen eignet, läßt er sich entgehen.

Und die Kinder, Kinder der Jetztzeit, betragen sich anders gegen ihn als ihre Eltern. Sie kritisieren ihn offen und ungeniert. Die Kunst, drückenden, fürchtenden Gehorsam einzuflößen, ist den Eltern verloren gegangen. Kleine Schulmädchen sprechen sich über Onkel Ruben aus und möchten gern wissen, ob er wirklich etwas anderes sei als eine mythische Persönlichkeit. Ein kleiner Sechsjähriger macht den Vorschlag, man solle durch Experimente beweisen, daß es unmöglich sei, sich auf einer Steintreppe bis auf den Tod zu erkälten.

Doch dies ist nur eine vorübergehende Mode. In ihrem tiefsten Innern ist diese Generation von Onkel Rubens Größe ebenso fest überzeugt wie die vorhergehende und gehorcht ihm geradeso wie diese.

Der Tag wird kommen, an welchem diese Spötter sich nach dem alten Hause begeben, die alte Steintreppe aufsuchen und sie auf ein Postament mit goldener Inschrift setzen.

Jetzt scherzen sie einige Jahre über Onkel Ruben, doch sowie sie erst erwachsen sind und eigene Kinder zu erziehen haben, wird ihnen der Nutzen und die Notwendigkeit des großen Mannes einleuchten.

»Ach, mein liebes Kind, sitze doch nicht auf der Steintreppe. Deine Großmutter hatte einen Onkel, der Ruben hieß. Als er in deinem Alter war, starb er, weil er sich zum Ausruhen auf eine solche Steintreppe gesetzt hatte.«

So wird es heißen, solange die Welt steht.

In den Kletterrosen

Ich möchte, daß die Menschen, unter denen ich meinen Sommer verlebt habe, ihre Blicke auf diese Zeilen fallen ließen. Jetzt, da die Kälte und die dunklen Nächte gekommen sind, möchte ich ihre Gedanken gern zu der hellen warmen Jahreszeit zurückführen.

Vor allem möchte ich sie an die Kletterrosen, welche die Veranda umrankten, erinnern, an die feinen, ein wenig spärlichen Blätter der *Rosa Bengalensis*, die sich im Sonnenscheine wie beim Mondenlichte in dunkelgrauen Schatten auf dem hellgrauen Steinfußboden abzeichneten und über alles draußen einen lichten Spitzenschleier warfen, und an ihre großen, hellen Riesenblumen mit den zerfetzten Rändern.

Andere Sommer erinnern mich an Kleefelder oder an Birkenhaine, auch an Astrachanäpfel und Beerensträucher, dieser Sommer aber hat seinen Charakter von den Kletterrosen erhalten. Die hellen, empfindlichen Knospen, die weder Wind noch Regen vertrugen, die leicht schwankenden hellgrünen Jahrestriebe, der großartige Blütenreichtum, die munter summenden Insektenscharen, alles dieses wird mich begleiten und in seiner ganzen Pracht vor mir aufsteigen, wenn ich an den Sommer, den rosigen, feinen, zarten Sommer zurückdenke.

Jetzt, da die Arbeitszeit gekommen ist, werde ich oft gefragt, womit ich meinen Sommer zugebracht habe. Da entschwindet alles andere meinem Gedächtnisse, und es kommt mir vor, als hätte ich tagaus, tagein draußen auf der Veranda hinter den Kletterrosen gesessen und Duft und Sonnenschein eingesogen. Was ich dort getan? Oh, ich sah zu, wie andere arbeiteten.

Es gab dort eine kleine Tapeziererbiene, die vom Morgen bis Abend, vom Abend bis Morgen arbeitete. Aus den weichen, grünen Blattscheiben sägte sie mit ihren scharfen Kiefern ein kleines zierliches Oval aus, rollte es zusammen, wie man eine richtige Tapete zusammenrollt, und flog, die kostbare Bürde fest an sich gedrückt, nach dem Parke hin, wo sie sich auf einem alten Baumstumpfe niederließ. Dort vertiefte sie sich in dunkle Gänge und geheimnisvolle Galerien, bis sie schließlich den Boden eines lotrechten Schachtes erreichte. In seiner unbekannten Tiefe, in welche sich weder eine Ameise noch ein Tausendfuß je hineingewagt, breitete sie die grüne Blattrolle aus und bedeckte den unebenen Fußboden mit dem schönsten Teppiche. Und wie der Boden bedeckt war, holte die Biene neue Blattscheiben, um die Wände des Schachtes zu bekleiden, und sie arbeitete so flink und eifrig, daß es bald in der Rosenhecke kein Blatt mehr gab, aus dem nicht ein Oval herausgeschnitten gewesen wäre und das nicht Zeugnis davon abgelegt hätte, daß es zur Ausschmückung des alten Baumstumpfes habe beitragen müssen.

Eines schönen Tages wechselte die kleine Biene ihre Beschäftigung. Sie bohrte sich tief in die dicht umeinanderliegenden Blumenblätter der Riesenrosen ein, sog und trank alles, was ihr diese schönen Vorratskammern boten, aus, und wenn sie dann den Mund ganz voll hatte, eilte sie fort nach dem alten Baumstumpfe, um die eben tapezierte Kammer mit dem klarsten Honig zu füllen.

Doch der kleine Rosenblattschneider war nicht der einzige, der draußen in der Rosenhecke arbeitete. Es gab dort auch eine Spinne, eine ganz unvergleichliche Spinne. Sie war größer, als ich je eine Spinne gesehen hatte, sie war hellorangefarben mit einem deutlich punktierten Kreuze auf dem Rücken, und sie hatte acht lange rot und weißgestreifte Beine, die alle ebenso hübsch gezeichnet waren. Die Spinne hättet ihr sehen sollen! Jeder Faden wurde mit der äußersten Sorgfalt gezogen, von den ersten, die nur zur Befestigung und als Halt dienten, an bis zu den innersten feinen Netzfäden. Und ihr hättet sie an den dünnen Fäden entlang balancieren sehen sollen, wenn es galt, eine Fliege zu greifen, oder ihren Thron in der Mitte des Netzes einnehmen, um dort regungslos und geduldig stundenlang zu warten.

Diese große orangefarbene Spinne gewann mein Herz: sie war so geduldig und so weise. Jeden Tag hatte sie ihr kleines Scharmützel mit dem Rosenblattschneider, und stets zog sie sich mit demselben unfehlbaren Takte aus der Affäre. Die Biene, deren Weg dicht an ihr vorüberführte, blieb immer wieder im Netze hängen. Sofort begann sie dort zu summen und zu kratzen, riß an dem feinen Netze und gebärdete sich wie eine Verrückte, was natürlich die Folge hatte, daß sie sich immer mehr darin verirrte und das klebrichte Gewebe sich ihr sowohl um die Beine wie um die Flügel schlang.

Sowie die Biene ermattet und erlahmt war, kroch die Spinne zu ihr hin. Sie blieb stets in respektvoller Entfernung, aber mit der äußersten Spitze eines ihrer eleganten, rotgestreiften Beine gab sie der Biene einen kleinen Stoß, daß diese sich in dem Netze drehte. Und wenn die Biene sich wieder müde gesummt und getobt hatte, erhielt sie von neuem einen ganz sanften Knuff, und dann wieder einen und noch einen, bis sie sich wie ein Kreisel drehte, sich vor Wut nicht zu lassen wußte und so schwindelig wurde, daß sie sich nicht zur Wehr setzen konnte. Dabei aber drehten sich die Fäden, welche sie festhielten, immer mehr zusammen, die Spannung wurde so groß, daß sie rissen, und die Biene fiel auf die Erde. Ja, das hatte die Spinne natürlich gewollt.

Und dieses Kunststück wiederholten die beiden Tag für Tag, solange die Biene in der Rosenhecke Arbeit hatte. Nie lernte der kleine Tapezierer sich vor dem Spinnennetze in acht nehmen, und nie zeigte die Spinne Zorn oder Ungeduld. Ich hatte sie wirklich alle beide gern, die eifrige, zottige kleine Arbeiterin, wie die große, schlaue, alte Jägerin.

Große Ereignisse gab es auf dem Gute mit den Kletterrosen nicht oft. Zwischen dem Spalier hindurch konnte man den kleinen See in der Sonne glänzen sehen. Und das war ein See, der zu klein war und zu eingeschlossen lag, um sich zu wirklichen Wellen erheben zu können, doch bei jeder schwachen Kräuselung auf dem grauen Spiegel flogen tausende von kleinen Funken auf, die auf den Wellen glitzerten und spielten, als sei die ganze Tiefe voller Feuer, das nicht herauskönne. Und so war es auch mit dem Sommerleben dort draußen, gewöhnlich war es so still, doch kam auch nur der allergeringste kleine Windhauch oh, wie konnte es dann schimmern und glänzen!

Und es bedurfte keiner großen Ereignisse, um uns fröhlich zu stimmen. Eine Blume oder ein Vogel konnte uns stundenlang Freude machen, und nun gar erst der kleine Rosenblattschneider. Ich werde nie vergessen, wie von Herzen froh ich einmal seinetwegen war.

Die Biene hatte, wie gewöhnlich, im Spinnennetze festgesessen, und die Spinne hatte ihr, wie gewöhnlich, beim Losmachen geholfen, aber sie war so fest darin verwickelt gewesen, daß sie sich ganz außerordentlich lange hatte im Kreise drehen müssen und sehr zahm und unterwürfig ausgesehen hatte, als sie fortflog. Ich beugte mich vor, um zu sehen, ob das Spinnennetz großen Schaden gelitten habe. Das hatte es denn glücklicherweise nicht, dagegen aber war darin eine kleine gelbe Larve hängen geblieben, ein kleines, fadendünnes Ungetüm, das nur aus Kiefern und Klauen bestand und dessen Anblick mich aufregte, wirklich aufregte.

Oh, ich kannte sie, diese Sommerkäferlarven, die zu Tausenden auf die Blumen hinaufkriechen und sich unter den Kronenblättern verbergen.

Ja, ich kannte sie und bewunderte sie auch, diese beharrlichen, schlauen Schmarotzer, die im Verborgenen warten, immer nur warten, sollte es auch Wochen dauern, bis eine Biene kommt, in deren schwarzgelben Pelz sie kriechen können. Und ich wußte von ihrer hassenswerten Geschicklichkeit, mit der sie, gerade in dem Augenblicke, wenn der kleine Zellenbauer einen Raum mit Honig gefüllt hat und oben darauf das Ei liegt, aus dem der rechtmäßige Besitzer des Honigs und der Zelle hervorkommen soll, auf das Ei hinunterkriechen und unter eifrigem Balancieren darauf wie auf einem Boote sitzen bleiben; denn gerieten sie in den Honig hinein, so würden sie ertrinken. Und indes die Biene die fingerhutähnliche Wohnung mit einem grünen Dache zudeckt und das Junge vorsichtig einschließt, reißt die gelbe Larve mit ihren scharfen Kiefern das Ei auf und verzehrt seinen Inhalt, während die Eierschale ihr noch immer als Fahrzeug auf dem gefährlichen Honigsee dienen muß.

Doch nach und nach wird das dünne gelbe Insekt platt und groß und kann selbst auf dem Honig schwimmen und davon trinken, und wenn die Zeit da ist, kommt ein fetter schwarzer Käfer aus der Bienenzelle. Doch für den hat die kleine Biene gewiß nicht arbeiten wollen, und wie schlau und beharrlich der Käfer sich auch betragen hat, so ist er doch nur ein fauler Schmarotzer, der keine Barmherzigkeit verdient.

Und meine Biene, meine eigene, fleißige kleine Biene war mit solch einem gelben Schmarotzer am Platze umhergeflogen. Doch während die Spinne sie im Kreise gedreht, hatte er losgelassen und war in das Spinnennetz gefallen, und nun kam die große Orangefarbene, gab ihm einen Stich mit dem Giftstachel und verwandelte ihn in einem Augenblicke in ein Skelett ohne Leben und Inhalt.

Und wie die kleine Biene wiederkam, glich ihr Summen einer Hymne auf das Leben.

»O du schönes Leben«, sagte sie, »ich danke dir, daß die fröhliche Arbeit unter Rosen und Sonnenschein auf mein Los gefallen ist. Ich danke dir, daß ich dich ohne Angst und Furcht genießen kann. Wohl weiß ich, daß Spinnen lauern und Käfer stehlen, doch mein ist die fröhliche Arbeit und die mutige Sorglosigkeit. O du schönes Leben, du herrliches Dasein!«

Schwester Olives Geschichte

Es war auf dem Hinterdeck eines großen ausländischen Dampfschiffs, wo Menschen aus den verschiedensten Weltgegenden versammelt waren. Die meisten waren Engländer oder konnten wenigstens Englisch sprechen, aber es gab auch unter den Reisenden einige, die Französisch sprachen, und diese waren durch die Sprache zusammengeführt worden und bildeten meistens eine Gruppe für sich. Da saßen also ein paar ältere Franzosen, ein Offizier und ein Konsul, ein paar belgische Damen, eine italienische barmherzige Schwester, ein alter französischer Geistlicher und ein junger Pariser, der Künstler zu sein schien, Maler oder Bildhauer, oder was er sonst sein mochte.

Eines Abends saßen die beiden älteren Herren beisammen und sprachen von den Engländern. Sie machten eine kleine Studie über sie, so wie Franzosen es zu tun pflegen, und verglichen sie in sehr liebenswürdiger und amüsanter Weise mit sich selbst. Aber plötzlich mischte sich eine der Damen ins Gespräch.

»Nein, meine Herren«, sagte sie, »Sie haben noch nicht erwähnt, worin der wesentlichste Unterschied zwischen den Engländern und Ihnen besteht.« – »Ach«, sagte der alte Herr, den man Konsul nannte, »den allerwesentlichsten Unterschied, haben Sie ihn etwa herausgefunden?«

»Ja, ich habe ihn herausgefunden. Er besteht darin, daß sie alle einen inneren Beruf haben. Fragen Sie nur, dann werden Sie schon hören. Alle hier an Bord haben einen inneren Beruf. Einer will uns Kaninchen züchten lehren, ein andrer niemals Fleisch essen. Dieser Herr beabsichtigt, die Türken zu bekehren, und der dort drüben will ein Lufttorpedo erfinden.«

»Nun, und wir«, sagte der Konsul und warf einen raschen Blick auf seine Reisegefährten, »uns fehlt es doch auch nicht an Menschen mit innerem Beruf.«

»O doch«, sagte die kleine Belgierin, »Ihr bleibt in dem Stand, in dem Ihr geboren seid, oder Ihr werdet, was Eure Eltern wünschen, daß Ihr werden sollt. Ihr laßt Euch vom Leben leiten. Aber diese andern wollen das Leben und uns alle ins Schlepptau nehmen und uns führen, wohin sie wollen.«

»Nun ja«, sagte der Offizier, »Sie mögen recht haben, Madame, aber ich ziehe es vor, unter Leuten ohne inneren Beruf zu leben. Sie sind unerträglich, diese Leute, die stets mit einer Mission umhergehen.«

»Schwester Agnes«, rief der Konsul und wendete sich an die barmherzige Schwester. »Sie haben ja so viele Französinnen in Ihrer Gemeinschaft. Haben Sie gefunden, daß ihnen der innere Beruf fehlt?«

»Leider, Monsieur Bartout«, sagte die barmherzige Schwester und lächelte, »leider kann ich Ihnen nicht zu Hilfe kommen. Ich glaube nicht, daß wir deshalb schlechtere barmherzige Schwestern sind, aber es sind nicht viele unter uns, die deshalb Kranke pflegen, weil es der innere Beruf ihres Lebens ist. Wir sind meistens froh, uns dieser Sache widmen zu können, weil alles andre uns fehlgeschlagen ist.«

»Und Sie, Herr Abbé?« fragte Bartout und wendete sich an den Geistlichen.

»Ach, ach«, erwiderte der alte Mann, »es ist so lange her. Ich bin all mein Lebtag Priester gewesen. Aber ich glaube, es war der Abbé Vertois in meiner Heimat, der meinem Vater riet, mich ins Seminar zu schicken.«

Monsieur Bartout wendete sich nun an den jungen Franzosen.

»Ich für mein Teil, Monsieur«, sagte der junge Künstler, »mißtraue dem inneren Beruf. Er führt nur auf Irrwege. Ich arbeite mit Farben und Pinsel, weil dies mir das natürlichste ist. Ich will Ihnen sagen, in meiner Familie sind wir alle ein bißchen Maler.«

Nach dieser Äußerung vergaß man ganz, daß man zu Anfang des Gesprächs von einem Vergleich zwischen den Franzosen und den Engländern ausgegangen war. Und anstatt dessen begannen alle, von Anlagen und Beruf zu sprechen, und man führte mehrere Beispiele dafür an, in was für eigentümliche Verhältnisse Menschen gerieten, wenn diese zwei Dinge nicht übereinstimmten.

»Ich habe immer versucht, mich von allen Hirngespinsten fernzuhalten und das zu tun, wozu ich veranlagt bin«, sagte der Offizier. »Niemand benimmt sich so töricht wie jemand, mit dem seine ›Mission‹ durchgeht.«

»Ich kenne einen großen Schriftsteller«, sagte eine der Damen, »der sein Leben für verfehlt ansah, weil er nicht Ballettmeister geworden war. Er behauptete immer, dies wäre sein wahrer Beruf gewesen, unglücklicherweise wurde er verhindert, seiner Eingebung zu folgen.«

»Dies erinnert mich an meinen armen Freund Pater Meunier«, sagte der Geistliche, »er fühlte sich berufen, als Missionar nach China zu gehen, und er tat es auch, aber er mußte sich doch geirrt haben, denn drüben ließ er sich zum Buddhismus bekehren.«

»Der innere Beruf ist der größte aller Gaukler«, sagte der Maler. »Er treibt nur seinen Spott mit uns Menschen.«

Bartout allein kämpfte dafür, wie herrlich es sei, auf Grund jenes höheren Zwanges zu handeln, den man inneren Beruf nennt.

»Aber, Monsieur, ich erinnere mich jetzt, daß ich eine Ihrer Landsmänninnen kannte, die einen inneren Beruf hatte«, sagte die Krankenpflegerin. »Er hatte wohl nichts mit der Krankenpflege zu schaffen, doch immerhin … wenn Sie gestatten, will ich Ihnen ihre Geschichte erzählen. Sie war eine unserer allerbesten Pflegerinnen, sie gehörte dem Verband lange, bevor ich hinkam, an, und sie lehrte mich meine Obliegenheiten.«

»Schwester Olive«, begann die barmherzige Schwester, »war eine Französin, aber so anders als alle Französinnen, die ich gesehen habe, daß ich sie zuerst für eine Deutsche oder eine Schweizerin hielt. Eine Französin sollte nach meiner Meinung entweder eine schöne, rundliche Dame mit olivenfarbenem Teint und funkelnden, braunen Augen sein oder auch klein, zart, verfeinert, förmlich nur ein Hauch. Schwester Olive hingegen war groß, etwas hager, nicht schön, aber kräftig und munter, mit einem Gesicht, zu dem man Zutrauen fassen konnte.

Und noch mehr verwunderte mich ihr Aussehen, als ich allmählich erfuhr, daß Schwester Olive eine Größe gewesen sei, eine Berühmtheit, daß sie einmal Mademoiselle Olive Miteau geheißen, in einer glänzenden Wohnung gewohnt, mit eigenen Pferden kutschiert und mit allen hervorragenden Leuten in Europa verkehrt habe.

Schwester Olive war Schauspielerin gewesen, bevor sie barmherzige Schwester wurde, und zwar eine große und merkwürdige Schauspielerin, die alle Menschen kannten, wenigstens alle Menschen in Paris. Sie war ja freilich nicht eine von jenen gewesen, die die ganze Welt durchreisen und solche Größen sind, daß sie an einem Tag in San Francisco auftreten müssen und am andern in Petersburg, aber sie hatte es so gut gehabt, als sie es sich nur wünschen konnte. Das ganze Publikum hatte sie so gern, die Theaterkritiker wußten selten etwas Ungünstiges über sie zu sagen, sie verdiente viel Geld, und sie trat im Théâtre français auf.

Als ich Schwester Olive sah, fiel es mir, wie gesagt, schwer, zu glauben, daß dies möglich gewesen war. Ich dachte ja gleich an die modernen Stücke mit all den verfeinerten jungen Frauengestalten, und es erschien mir ganz unglaublich, daß Schwester Olive eine junge Pariserin hätte spielen können. Sie hatte etwas gar zu Kantiges, keine Schminke und keine Toiletten hätten Schwester Olive verführerisch und bezaubernd machen können. Aber ich erfuhr bald, daß Schwester Olive nie solche Gestalten gespielt hatte, sondern ihre Stärke war darin gelegen, aus dürftigen Rollen, die kein andrer haben wollte, kleine Meisterwerke zu machen. Sie spielte Dienstmädchen und alte Frauen, sie war Gastwirtin und Portiersfrau, Grünzeughändlerin und Bäuerin. Und sie stellte alle diese bescheidenen Typen so glaubwürdig und rührend dar, so liebevoll und künstlerisch, daß es ihr gelungen war, die Mitgliedschaft am Théâtre français zu erringen.

Schwester Olive war sehr fleißig gewesen und hatte sich nie geschont, man zählte sie seinerzeit zu den allerunentbehrlichsten Kräften des Theaters. Ihre Stellung war eigentlich besser als die der andern, denn obgleich sie niemals so viel Lob erntete wie die große Primadonna, hatte sie anderseits ihre gegebenen Rollen, die ihr niemand streitig machte. Niemand intrigierte, um ihr zu schaden, sie war eine gute, ehrliche Kollegin, und alle hatten sie lieb.

Sie gestand es später selbst oftmals zu, daß sie eine ausgezeichnete Stellung gehabt habe, und daß sie unrecht getan habe, die Torheit zu begehen, die sie zwang, sie aufzugeben. Sie starb, als sie sechzig Jahre alt war, aber sie hätte ihre Stellung am Theater gewiß bis zu ihrem Ende behalten können. Sie war noch immer beweglich und kräftig und hatte ein prächtiges Organ. Sie hätte noch ganz gut treue Dienerinnen und Bauernweiber und brummige alte Tanten spielen können. Niemand würde es besser gemacht haben als sie.

Aber das Unglück war, daß Schwester Olive eine bestimmte Idee hatte, und das war etwas, wonach sie sich sehnte, was sie ihr ganzes Leben lang erstrebt hatte, und wovon sie nicht lassen konnte.

Es ist sehr wahrscheinlich, daß sie die ganze Zeit über einsah, daß es etwas Törichtes war. Aber Schwester Olives Gedanken hatten sich all ihr Lebtag in dieser Richtung bewegt, und sie konnte ihnen nicht Einhalt tun. Es war so, als hätte man versucht, einem fallenden Stein zuzurufen, er solle still halten und schwebend in der Luft verbleiben.

Es verhielt sich nämlich so, daß Schwester Olive keine geborene Pariserin war, sie war in der Normandie aufgewachsen als die Tochter eines Bauern. Sie hatte ihre Kindheit und erste Jugend unter Bauern und ungebildeten Leuten verbracht. Bis zu ihrem siebzehnten Jahre hatte sie weder eine Stadt noch ein Theater gesehen.

Aber einmal, als sie erwachsen war, nahmen ihre Eltern sie zu einem Markt in Caen mit, und Vater Miteau zeigte sich da so freigebig, daß er sie und ihre Mutter sogar ins Theater mitnahm.

So sah Schwester Olive ihr erstes Stück, und das Stück war Hernani, des großen Viktor Hugo Hernani.

Von dem Augenblick an, wo der Vorhang in die Höhe ging, war Schwester Olive ganz der Erde entrückt und weilte mit ihrer ganzen Seele auf der Bühne. Nichts erschien ihr dort fremd, sie begriff vom ersten Moment an alles. Sie suchte sich nur zu entsinnen, wo sie alles das schon einmal gesehen hatte.

Da, während sie im Theater saß, erschien es ihr ganz wunderbar, daß sie Olive Miteau war, das Landmädchen, das unter grünen Apfelbäumen auf einem Bauernhof aufgewachsen war. Es kam ihr vor, als wäre das, was sie sah, ihre wahre Heimat. Und sie sah das Schauspiel gar nicht so, wie andre es sehen, sondern sie lebte darin mit, von Anfang bis zu Ende. Sie war die ganze Zeit die schöne Spanierin Donna Sol, sie wurde von Hernani und von Kaiser Karl dem Fünften geliebt; und als Graf Lunas Horn am Hochzeitsabend ertönte, da fühlte sie sich ebenso niedergeschmettert, als wenn Hernani ihr selbst entrissen worden wäre.

Nach diesem Abend im Theater in Caen hatte Schwester Olive nur mehr einen Gedanken: alle Wünsche und alle Sehnsucht des armen Bauernmädchens richteten sich darauf, zum Theater zu kommen und die Donna Sol zu spielen.

Es ist ja schwer, zu verstehen, wie sie sich von Hause losmachen konnte, aber Schwester Olive ließ sich durch nichts hindern. Sie überwand Vater Miteau und ihre Mutter und ihre Liebe zur Heimat und den Widerstand eines jungen Mannes, der auf sie und ihre Mitgift wartete. Und so kam es, daß sie, die nie etwas andres gelernt hatte, als zu kochen und Zider zu brauen, sich einer herumreisenden Theatergesellschaft anschloß.

Während des ganzen ersten Jahres, bis sie gelernt hatte, das Pariser Französisch zu sprechen, bekam Schwester Olive nichts andres zu tun, als die Bühne zu kehren und die wirklichen Schauspielerinnen zu bedienen. Es war keine leichte Aufgabe für eine angehende Donna Sol, den Samt der Thronsessel, die auf der Bühne stehen sollten, zu bürsten oder die Toilette der Primadonna instand zu halten. Aber Schwester Olive trug alles mit dem ihr eigenen guten Humor, und alle ihre Kameraden gewannen sie lieb. Sie wünschten ihr alle, bald auftreten zu können. ›Ach, wenn Sie nur einmal eine Rolle für unsere arme Olive finden könnten‹, pflegten sie zum Direktor zu sagen.

Und endlich bekam Schwester Olive eine Rolle, doch nicht eine, wie sie sich gewünscht hatte. Sie hatte eine Königin spielen wollen, aber man ließ sie als Müllerin auftreten. Sie sollte grob und roh sein, in dürftigen Kleidern und weiß von Mehlstaub. Schwester Olive pflegte zu erzählen, als sie diese Rolle bekam, wäre ihr der Mut gesunken und sie habe zu weinen angefangen. Sie hatte früher, als sie noch Treppen und Fußböden kehrte, nie geweint.

Doch die Primadonna selbst ließ sich herab, Schwester Olive zu trösten, und sagte ihr, sie solle froh sein, daß sie nun endlich vor das Publikum käme. Sie könnte es nie bis zur Donna Sol bringen, wenn sie nicht als Müllerin anfangen wollte. Sie, die Primadonna, hätte als Schusterjunge begonnen.

Schwester Olive lernte also die Rolle und spielte sie, so gut sie es verstand. Und als sie sie gespielt hatte, weinte sie zum zweitenmal. Es war ihr ganz vortrefflich gelungen. Die Zuhörer hatten applaudiert und die Kollegen sie zu ihren Anlagen beglückwünscht. Ja, darauf müßte sie sich werfen, das könnte sie, eine alte, routinierte Schauspielerin hätte es nicht besser machen können.

Aber Schwester Olive weinte, sie hatte keine Lust, sich wegen ihrer Müllerin loben zu lassen, etwas in ihrem Innern sagte ihr, daß dies ihrer Donna Sol im Weg stehen würde.

Und Schwester Olive hatte guten Grund zu weinen. Sie schien alle die Leiden vorausgesehen zu haben, die ihrer warteten. Denn von nun an durfte sie immer auftreten, aber nie in einer Rolle, die sie befriedigte. Sie durfte niemals in Versen sprechen, und wenn man die romantischen Schauspiele gab, in denen Fürsten und Fürstinnen auftraten, war sie von der Bühne verbannt.

Schwester Olive wurde dessen schließlich müde und suchte eine andre Theatergesellschaft auf. Es war nicht schwer für sie, eine neue

Anstellung zu erhalten. Die Direktoren rissen sich um sie. Aber Schwester Olive unterzeichnete keinen Kontrakt, ohne daß der Direktor sich verpflichtete, sie die Donna Sol in Hernani spielen zu lassen. Es wurde auch in den Kontrakt aufgenommen, daß, sobald Hernani gegeben würde, Schwester Olive die Rolle der Heldin spielen sollte. Und dann ließ der Direktor Schwester Olive ihre gewöhnlichen Rollen darstellen, in denen sie immer Erfolg hatte, aber Hernani – Hernani, behauptete er, sei unmodern und locke die Leute nicht an, er wage nicht, ihn aufs Repertoire zu setzen.

Die arme Schwester Olive dachte so manches liebe Mal, ob es nicht am klügsten wäre, heim zu ihren Apfelbäumen und zu ihrem Verlobten zurückzukehren, aber die Hoffnung konnte doch nicht in ihr sterben. Und sie blieb beim Theater und fuhr fort, diese kleinen Rollen zu spielen, die ihr weder Mühe noch Anstrengung kosteten, und in denen sie immer Erfolg hatte. Schließlich wuchs ihr Ansehen in dem Grade, daß der Direktor des Théâtre français kam, sie auftreten zu sehen. Und das Ende war, daß Schwester Olive ihren Einzug in Molières Haus hielt.

Als das geschah, dachte Schwester Olive nur daran, daß es ihr jetzt vergönnt sein würde, die Donna Sol auf Frankreichs vornehmster Bühne zu spielen, und sie versöhnte sich beinah ein wenig mit allen den gewöhnlichen Müllerinnen und Händlerinnen, da sie sie so weit gebracht hatten.

Zu allem Glück hatte Schwester Olive einen solchen Eindruck von der großen Schauspielerin empfangen, die die Rolle darstellte, wenn das Schauspiel einmal auf dem Repertoire stand, daß sie mehrere Jahre lang gar nicht wagte, von ihrem Wunsch zu sprechen. Aber die Zeit verging, und sie fürchtete, daß sie zu alt würde. ›Du mußt es jetzt durchsetzen oder nie‹, sagte sie zu sich selbst. ›Du weißt ja, daß du die Donna Sol spielen kannst, so wie sie noch niemand vor dir gespielt hat. Was denkst du eigentlich, Olive, du hast doch noch nicht das Ziel deines Lebens erreicht! Bist du etwa aus deiner Heimat fortgegangen, um diese Bauernweiber zu spielen? Mein Gott, dazu hättest du dich nicht bis zum Théâtre français emporzuarbeiten brauchen, um dich wie eine Landpomeranze zu betragen.‹

Sie ging also und sprach mit dem Direktor, und der Direktor versprach, ihren Wunsch zu erfüllen. Dann hielt er sie drei bis vier Jahre mit leeren Versprechungen hin.

Als sie volle zehn Jahre am Théâtre français angestellt gewesen war, kam sie mit ihrer Klage wieder. ›Ich habe nun länger an der Bühne gedient als Jakob‹, sagte sie. ›Sie müssen mir meine Donna Sol geben.‹

Der Direktor rief alle Künstler zusammen, die beim Theater etwas zu sagen hatten, und legte ihnen die Frage vor. ›Wir müssen Olive Miteau versuchen lassen‹, sagten sie. ›Natürlich wird es ein Fiasko, aber ich sehe keine andre Möglichkeit, mit der Sache fertig zu werden.‹

In den folgenden Wochen machte sich Schwester Olive von aller andern Arbeit frei, sie las und repetierte nur unaufhörlich ihre Rolle. Das Seltsame war, daß sie gleich merkte, daß ihr die Begeisterung für die Aufgabe fehlte. ›Ich muß es tun‹, dachte sie, ›aber ich glaube, ich werde froh sein, wenn es vorüber ist und ich zu meinen gewöhnlichen Rollen zurückkehren kann.‹

Und zuweilen, wenn sie die romantischen Worte ihrer Rolle rezitierte, fand sie sie abgeschmackt und unnatürlich. ›Ach‹, sagte sie, ›man hat mich zu alt werden lassen.‹

In Wirklichkeit lag die Schuld an ihr. Sie war an Verse nicht gewöhnt, sie konnte es nicht Hals über Kopf lernen, sie natürlich und leichtfließend zu sprechen. Die großen Worte wollten nicht über ihre Zunge gleiten. Und sie merkte, daß sie eine ganz neue Art zu gehen und die Hände zu bewegen lernen mußte. ›Das ist ja Torheit‹, sagte sie manchmal, ›niemand ist je so gegangen oder hat so gesprochen wie diese Donna Sol. Das ist keine Rolle für einen Menschen.‹

Aber zuweilen fühlte Schwester Olive doch etwas von der alten Begeisterung für die Rolle, und dann dachte sie: ›Wenn ich wirklich auftrete, wenn ich endlich auf der Bühne stehe, dann werde ich so ganz Donna Sol sein wie niemand vor mir. Ich weiß, daß sie in mir lebt als mein zweites Ich. Was bedeutet es, daß es mir bei den Proben nicht gelingt? Ich weiß, im großen Augenblick wird sie hervorkommen.‹

Nichtsdestoweniger war Schwester Olive nach jeder Probe verzweifelt, und dieses Gefühl wurde von dem Direktor und den übrigen Künstlern geteilt. ›Mademoiselle Miteau‹, sagte der Direktor eines Tages sehr freundlich zu ihr, ›Sie haben mein Versprechen, und es wird alles geschehen, wie Sie wollen, aber wollen Sie es wirklich?‹

›Ich weiß nicht, ob ich will‹, sagte sie, ›aber ich weiß, daß ich muß.‹

Sie begann eine Niederlage vor sich zu sehen, eine Niederlage gerade in dem, was der Ehrgeiz ihres Lebens gewesen war, eine Niederlage in dem lachlustigen Paris, auf Frankreichs erster Bühne.

Und bald schien Schwester Olive der Sinn für die Rolle zu fehlen, sie beschäftigte sich nur mit Nebendingen, sie probierte Perücken und wählte zwischen einer roten und einer schwarzen, so wie man wählt, wenn es sich um das Glück eines ganzen Lebens handelt.

Sie probierte ihre Kleider mit unerhörter Genauigkeit, sie schminkte sich zur Probe bald rosig, bald olivgelb. Aber sie, die als Kammerjungfer niedlich und beinah graziös aussah, war als Edeldame steif und ungeschickt. Und ihr Gesicht, das unter dem Zofenhäubchen jung und frisch aussah, erschien seltsam alt und verwüstet, als sie die spanische Donna Sol vorstellen sollte.

›Aber es muß doch gelingen‹, dachte sie. ›Seit meinem siebzehnten Jahre habe ich gefühlt, daß ich einzig und allein auf die Welt gekommen bin, diese Rolle zu spielen.‹

Das alte Schauspiel Hernani macht heutzutage im allgemeinen keine vollen Häuser, aber an dem Abend, an dem Schwester Olive auftrat, war jeder Platz besetzt. Alle kannten Schwester Olives Geschichte, und man war ein wenig gerührt über diese lebenslängliche Liebe zu Donna Sol. ›Warum hat man sie diese Rolle nicht früher spielen lassen?‹ fragte man. ›Sie ist zu alt, sie wird ganz schrecklich sein.‹

Immerhin erwartete der eine oder andre, daß es ihr doch gelingen würde, da es doch ihr innerer Beruf zu sein schien. Und es herrschte vor Beginn des Stückes recht große Spannung im Publikum.

Aber als der Vorhang aufging und Schwester Olive hereinkam und zu sprechen anfing! Ein einziger gequälter Seufzer entrang sich gleichsam dem Publikum, und dann war niemand mehr neugierig. Man machte sich taub und blind, man versuchte sie ganz zu vergessen.

Schwester Olive konnte nachher nicht recht verstehen, wie sie sich durch den Abend durchgeschleppt hatte. Das Publikum war nicht hart gegen sie, es war sehr barmherzig. Man fand es beinah pikant, daß es ihr so gänzlich mißlungen war, daß sie sich so gründlich über ihren Beruf getäuscht hatte.

Und den einen oder andern erfaßte natürlich Angst, wenn er an diese Idee dachte, die sich Schwester Olives bemächtigt und sie irregeleitet hatte. Etwas Ähnliches konnte ja jedem widerfahren.

›Sie kann sich immerhin glücklich schätzen‹, sagte man, ›sie hat ja durch diese Marotte eine ausgezeichnete Stellung erlangt, und sie braucht ja diese entsetzliche Rolle, die ihr so gar nicht liegt, nicht mehr zu spielen.‹

Schwester Olive war in Verzweiflung über sich selbst. Warum ging sie nicht in ihrer Rolle auf, warum war sie so kalt, warum fühlte sie nichts? Wie konnte sie so unnatürlich deklamieren? War sie denn keine Künstlerin? Sie fühlte sich beinah versucht, sich selbst auszupfeifen. Sie sollte ja diesen Hernani lieben. Aber es fehlte ihren Blicken, wenn sie auf ihm ruhten, jede Glut. ›Ach, ach, das soll Donna Sol sein‹, dachte sie, als sie schwer und linkisch über die Bühne schritt.

Aber Schwester Olive war ja sehr beliebt, und sie erlitt keinen Schaden durch ihre Niederlage, wahrhaftig gar keinen. Es war wirklich sehr schön, daß die Kritik sowohl wie das Publikum sich ganz enthielten, über ihr Fiasko zu sprechen, und sich nur beeilten, es zu vergessen. Vergebens durchsuchte Schwester Olive am nächsten Morgen die Zeitungen, um einen Bericht über ihren Mißerfolg zu finden. Sie fand ihn überhaupt nicht erwähnt.

Das erschien ihr rührend, aber zugleich war sie vor Schreck förmlich gelähmt. ›War ich so entsetzlich?‹ dachte sie. ›War ich so, daß man es nicht einmal wagt, von mir zu sprechen?‹

Im Lauf des Vormittags stattete der Direktor selbst Schwester Olive einen Besuch ab.

Er schwieg nicht über das, was geschehen war, sondern er erklärte und ergründete es wie ein Arzt, der einen Krankheitsfall analysiert. ›Sie hatten zu lange gewartet, Sie sahen der Sache mit zu viel Spannung entgegen. Das benahm Ihnen den Atem und die Besinnung. Sie spielten gewissermaßen mit einem Band um die Kehle und mit Fesseln an den Händen. Es konnte Ihnen das erstemal unmöglich gelingen, heute werden Sie sich ausruhen, aber morgen – wollen Sie es morgen wieder versuchen?‹

Schwester Olive besann sich. Manchmal, wenn man eine Niederlage erlitten hat, fühlt man, daß es besser gehn würde, wenn man es noch einmal versuchen könnte. Aber als Schwester Olive das Anerbieten des Direktors hörte, empfand sie nichts Derartiges. Sie hatte keine Kraft, den Kampf noch einmal aufzunehmen. Sie hatte nicht einmal Lust. So schlecht auch alles gegangen war, sie freute sich doch, daß es wenigstens vorüber war.

Schwester Olive dankte dem Direktor und sagte nein.

Der Direktor sah Schwester Olive mit einem langen Blick an und begann von etwas anderm zu sprechen.

Als er aufstand, um zu gehen, sagte er wie zufällig: ›Wir treffen uns doch morgen auf der Probe, nicht wahr, Mademoiselle?‹

Als er dies sagte, erschrak Schwester Olive so sehr, daß sie beinahe wankte. Sie fühlte, daß sie, sollte sie wieder auftreten, dann stets den gleichen Druck und die gleiche Unsicherheit verspüren würde wie am vorhergehenden Abend. Mit einem Mal war es ihr ganz klar, daß sie keine Rolle mehr darstellen konnte. Daran hatte Schwester Olive vorher nicht gedacht, aber in dem Augenblick, in dem der Direktor ihr sagte, daß sie zu einer Probe kommen solle, begriff es.

Schwester Olive nahm sich acht Tage Urlaub, und als sie wieder zurückkehrte, war sie fröhlich und gesund und hatte offenbar die ganze Sache vergessen.

Aber als sie zum ersten Male die Bühne betreten sollte, da empfand sie einen eigentümlichen Widerwillen. Sie mußte sich zwingen, es zu tun. Es war nicht gerade Angst, es war ein beinahe unüberwindlicher Widerwille.

Und als sie dann auf der Bühne stand, auf der sie sich sonst so wohl befunden hatte, da senkte sich Eiseskälte auf sie herab, sie fühlte, daß ihre Gesichtszüge starr wurden wie damals, als sie die Spanierin gespielt hatte. Und als sie zu sprechen begann, erkannte sie Donna Sols abscheuliche, unnatürliche Stimme wieder.

Von diesem Augenblick an haßte Schwester Olive das Theater. Aber da sie eine praktische, kluge Person war, gab sie ihrem Mißmut nicht sogleich nach. Sie kämpfte einen ganzen Winter gegen ihren Widerwillen an, aber schließlich wurde er in ihr übermächtig.

›Ich habe nun genug Rollen verdorben‹, sagte sie zu ihrem Direktor, ›um einzusehen, daß ich nichts mehr tauge. Mir bleibt nur mehr eins übrig, nämlich meiner Wege zu gehen.‹

Dann kam sie zu uns und wurde barmherzige Schwester. Sie war immer ruhig und heiter, und die Kranken liebten sie. Sie war auch bei uns glücklich; es lag in ihrer Natur, glücklich zu sein.

Als ich sie kennen lernte, war ich noch jung, und ich fragte sie manchmal: ›Sehnen Sie sich nie zurück in die Welt, Schwester Olive, nach Ihrem Theater, Ihren Rollen, Ihren schönen Pferden und Ihren eleganten Möbeln?‹

Ich sehe ganz deutlich Schwester Olive vor mir, als ich sie einmal so fragte. Sie war mit den Jahren immer mehr wie eine alte Bäuerin geworden, sie hatte Fett angesetzt, ihr Gesicht war sehr runzlig und grob, aber sie sah dabei sehr kräftig und klug aus mit ihrem breiten Kinn und ihren klaren Augen.

›Wonach sollte ich mich sehnen?‹ sagte sie. ›Es war ja unmöglich, es länger auszuhalten. Wozu ich Lust hatte dazu hatte ich keine Anlagen, und wozu ich Anlagen hatte, dazu fehlte mir die Lust.‹«

Die barmherzige Schwester schloß: »Ja, das war Schwester Olives Geschichte.«

»Wissen Sie was?« sagte der Konsul. »Ich sah sie auftreten. Ich war sogar an jenem Abend im Theater und sah sie die Donna Sol spielen. Ja, das war ein Fiasko! Aber was ist nun Ihre Ansicht über dies alles, Schwester?«

»Darüber gibt es wohl nur eine Meinung«, fiel der Kapitän ein, »dieser innere Beruf ist ein Betrüger.«

»Man muß ihm mißtrauen«, sagte der Maler.

»Mißtrauen, mißtrauen!« rief der Konsul beinahe zornig aus. »Man muß ja auch der Liebe mißtrauen, aber was wird ohne sie aus uns? Nichts! Und was vermögen wir, wenn wir uns nicht berufen glauben? Nichts. Wozu taugen wir? Zu nichts. Was ist Ihre Meinung, Schwester Agnes?«

»Ich denke, Monsieur Bartout, daß in der einen oder andern Weise dem allen etwas Göttliches zugrunde liegen muß.«

»Ja, gewiß«, sagte der Konsul, »und wenn das Göttliche auch gefährlich ist, kann das ein Grund sein, es zu schmähen?«

In memoriam Albert Theodor Gellerstedt

Antrittsrede in der schwedischen Akademie den 20. Dez. 1914

Meine Herren!

Da die schwedische Akademie die überaus große Dankbarkeitsschuld, die sie mir schon auferlegt, noch dadurch vermehrt hat, daß sie mich zu ihrem Mitglied wählte und mir dadurch den größten Ehrenbeweis erzeigte, den sie zu vergeben hat, erwies sie mir eine besondere Gunst, indem sie mich den Platz nach dem Dichter der Blumen und Vögel, Albert Theodor Gellerstedt, einnehmen ließ, mit der daran geknüpften Verpflichtung, einen Lebensabriß von ihm zu entwerfen. In den grauen Tagen eines värmländischen November hätte mir keine liebere Aufgabe zuteil werden können, als mich in seine Dichterwelt einzuleben. Oftmals hatte ich dabei eine so deutliche Empfindung von flatternden, musizierenden Vöglein umgeben zu sein, von prangenden Edelrosen und glitzerndem Sonnenschein, daß ich vom Buch aufsehen mußte, um mich in die Wirklichkeit zurückzufinden.

Aber ein Biograph hat nicht das Recht, einzig und allein in die Freude und Friedensstimmung zu versinken, die die Gellerstedtsche Dichtung ausstrahlt, sondern er muß forschen und untersuchen. Und was bei einer solchen Prüfung zuallererst in die Augen fällt, ist wohl, daß der Dichter in den sieben kleinen Büchern, die er hinterließ, nie von etwas anderem spricht, als von dem, was er selbst gesehen und erlebt hat. Er setzte sich nicht hin, um Gedichte oder Skizzen über Dinge zu schreiben, die es nie gegeben hatte, oder über Ereignisse, die nie geschehen waren, ja, er konnte sich nicht einmal damit begnügen, das wiederzuerzählen, was andere ihm mitgeteilt hatten. Selbstgesehen und selbsterfahren mußte das sein, was seine Feder in Bewegung setzen sollte.

Aus diesem, daß er die Gegenstände der Dichtung stets seiner eigenen Welt entnahm, ging ganz natürlich hervor, daß er hie und da im Vorübergehen auch eine kleine Mitteilung fallen ließ, was er selbst für ein Mensch war, wo er wohnte, und womit er sich befaßte. Und für mich, die ich noch in dem Lustgarten der Dichtung weilte, den er hervorgezaubert, war es ein lieber Gedanke, daß ich aus diesen kleinen Andeutungen ein Gesamtbild von ihm selbst zusammenfügen könnte. Ich würde gar nicht über dieses kleine umfriedete Gebiet hinauszugehen brauchen, in dem ich mich ebenso wohl zu fühlen glaubte, wie er selbst. Ich würde in dem Gefühl arbeiten können, daß der alte Dichter unter dem gewaltigen weißen Rosenbusch des »Sommerhäusels« saß und mir von den Dingen erzählte, die er in seinem Leben bemerkenswert gefunden, während tausend Rosen Wohlgeruch in die Luft sandten und die Grasmücke ihre Triller schlug, drüben über dem großen Johannisbeerstrauch, der nie Johannisbeeren trug, aber auf dem engen Platz stehen bleiben durfte, weil er sich so vortrefflich zur Stütze für kleine Sängernester und zum Schutze für kleine Singvögeljungen eignete.

Aber diese Art, zu Werke zu gehen, war natürlich nicht die, die ich zuerst zu wählen gedachte, sondern ich begann die Arbeit damit, Auskünfte über Gellerstedt bei seinen Freunden und Angehörigen einzuholen. Mit größter Dankbarkeit werde ich eingedenk sein, wie bereitwillig sie mir ihre Hilfe versprachen und welche wichtigen Aufschlüsse sie mir gaben. Aber ich machte doch nur eine ganz kurze Wanderung auf diesem Wege; denn bald erlag ich der großen Versuchung, in diesem Lebensabriß nur das wiederzugeben, was der Alte von sich selbst erzählt hat.

Eine Sache möchte ich doch gern von diesen ersten Forschungen festhalten. Das ist das freundliche Aufleuchten im Auge, das gute Lächeln, das sich zeigte, wenn seine Freunde von ihm sprachen. Der alte Dichter war eine Erinnerung, an die sie mit Freuden dachten. Wehmut, daß er dahingegangen, war wohl auch zu merken, aber die Freude, daß sie ihn einmal besessen hatten, überwog.

Man braucht dem, was Gellerstedt zu erzählen hat, nicht lange zu lauschen, so hört man ihn schon versichern, daß er in Sörmland geboren ist. An mehreren Stellen erwähnt er, daß er in der kleinhügeligen, wasserreichen Sörmlandnatur aufgewachsen ist. Aber andererseits soll es doch im Kirchenbuch der Gemeinde Säterbo eingezeichnet stehen, daß dem Kanalbaumeister Lars Gellerstedt und seiner Frau am 6. Oktober 1836 ein Sohn geboren wurde, der den Namen Albert Theodor bekam. Und die Gemeinde Säterbo liegt ja in Västmanland, wenn sie sich auch bis hinunter nach Sörmland erstreckt. Wie dem auch sei, wir müssen hierin dem Kirchenbuch unrecht und Gellerstedt recht geben. Er war ein Grenzbewohner, er stammte von der Gegend östlich vom Hjälmaresee, wo drei Landschaftsgrenzen zusammenstoßen. Und das hat die

Verwirrung angestiftet. Aus dem großen schwedischen Garten, der Sörmland heißt, war er entsprungen. Er hat wohl kaum einen Sohn hervorgebracht, der deutlicher das Gepräge des Erdreichs trug, das ihn erzeugt hat.

Wenn man Gellerstedt darin recht gibt, daß er ein Sörmländer Kind ist, muß man hingegen ein paar andere Angaben, die er über seine erste Zeit macht, mit mehr Vorbehalt aufnehmen. Es ist wohl nicht ganz wortwörtlich zu nehmen, wenn er erklärt, daß er in einem Schilfröhricht geboren wurde, und sich mit Moses vergleicht, weil er seine frühesten Tage auf dem Wasser zugebracht hat. Es ist freilich wahr, daß sie in der Hjälmaregegend Wasser genug zur Verfügung hatten, aber sein Elternhaus war doch auf jeden Fall ein rotes Holzhaus mit weißen Ecken und stand fest gegründet auf einem Hügel über dem alten Kanal, der seit Gustav Vasas Zeit die Verbindung zwischen dem Hjälmaresee und dem Arbogafluß vermittelt hat.

Es war kein großes Haus, in dem er heranwuchs. Es hatte eine gewaltige Küche, und das war wichtig, da all die Verrichtungen, mit denen die Mutter beständig beschäftigt war, ihren Raum verlangten. Aber es war auch bedauerlich, weil die anderen Räume im Erdgeschoß, das Wohnzimmer, das Eßzimmer und seine eigene Stube dafür gar zu klein ausgefallen waren. Glücklicherweise hausten ja auch nicht viele darin, nicht mehr als Vater, Mutter und er, so daß sie nicht soviel Spielraum brauchten, namentlich da Friede und Eintracht in dem stillen Heim herrschte.

Beide Eltern waren rechte Arbeitsameisen, und so war auch nicht daran zu denken, daß der Sohn seinem Anteil an Mühe und Anstrengung entgehen könnte. Er war noch nicht alt, als er ausgeschickt wurde, die Kühe von der Weide heimzuholen, oder als er es lernte, mit dem Flegel in der Tenne zu dreschen. Nicht nur zum Spaß, sondern um sich wirklich nützlich zu machen, half er Laub hacken und Schilf schneiden. In der emsigen Erntezeit wurde er am meisten in Anspruch genommen, aber er hatte das ganze Jahr genug zu tun. Er erwarb sich auch in einer Unzahl von Arbeiten Fertigkeit: er konnte Besen binden, er spulte Garn für seine hausgewebten Kleider, er fing die Bienen ein, wenn sie schwärmten, und er zeichnete für die Mutter Muster. Mit dem Fischfang war er jeden Tag beschäftigt. Das war halb und halb eine nützliche Tätigkeit, aber es war auch das allergrößte Vergnügen.

Doch trotz all dieser Arbeiten hatte er noch Zeit, sich auf eigene Faust zu zerstreuen und zu vergnügen.

Ein kleiner Vorfall in seinen frühesten Kindheitsjahren – er glaubt selbst, daß er damals nicht mehr als vier Jahre alt war – gab den Anstoß zu mancherlei in dieser Richtung. Es begab sich nämlich damals, daß er sich zum erstenmal einen Vogel ganz genau ansah. Es war eine Bachstelze, die über den Zaun vor dem Fenster getrippelt kam, mit seidigschwarzer Brust und wippendem Schwanz. Sein Entzücken war so groß, daß ihm seine schweigsame alte Großmutter, die sich zufällig bei ihnen aufhielt, daraufhin eine kleine Legende erzählte, wie die Bachstelze einmal von der Jungfrau Maria den Auftrag bekam, ihre Schere und ihren schwarzen Seidenknäuel zu holen; aber die Bachstelze war eine säumige Botin, sie kam erst zurück, als die Jungfrau Maria schon anders wohin gezogen war, und seither fliegt der Vogel mit Knäuel und Schere herum, und sucht seine Herrin. Immer ruft er: *Nimms mit, nimms mit!* in seinem Eifer, das anvertraute Gut abzuliefern.

Daß solch kleinen Tierchen etwas so Merkwürdiges passieren konnte, muß den Vierjährigen sehr ergriffen haben. Nun hieß es auf andere Bachstelzen achten, und horchen, ob sie in der gleichen Weise sangen, ja, man mußte auch auf die anderen kleinen Vögel aufpassen, um herauszukriegen, wie sie gekleidet waren, was sie sagten und was sie erlebt hatten. Und es zeigte sich, daß auch die, die nicht so glücklich daran waren, wie die Bachstelze, ihr Interesse hatten. Das merkwürdigste Ereignis in ihrem Leben fiel in den Vorsommer, wo sie Nester bauten und Eier legten. Es wurde eine der wichtigsten Beschäftigungen der freien Stunden, diese Nester zu suchen und den Ton jedes Vogels kennenzulernen, um beim Suchen einen Anhaltspunkt zu haben.

Ein anderes Gebiet der Welt, das ihm große Zerstreuung bereiten sollte, nicht nur in seiner einsamen Kindheit, sondern auch in aller Zukunft, entdeckte der kleine Albert Gellerstedt auf einer Reise nach Stockholm, die er mit den Eltern unternahm, als er ungefähr fünf Jahre alt war. Es ist ja oft gesagt worden, daß es nicht so leicht ist, den Wert dessen zu erkennen, was man stets vor Augen hat; dazu braucht es Entfernung und Entbehrung, und daher kam es wohl, daß er gerade damals einen wilden Heckenrosenstrauch bewunderte und liebte, der an einer Uferanpflanzung in der Norrtullsgegend blühte. Er hätte ihn vielleicht gar nicht bemerkt, wenn er daheim in all dem Überfluß von

Blumen und Grün geblieben wäre. Aber hier in der Stadt gewann er in dem Grade sein Herz, daß er ihn gar nicht mehr vergessen konnte. Als er wieder nach Hause zurückkehrte, mußte er gleich nachsehen, ob es denn auch hier etwas ebenso Schönes gab. Nun ging er daran, die Blumen zu untersuchen, die in Garten und Hag, in Wiese und Wald, in Fluß und See blühten. Man mußte lernen, wo sie sich am liebsten aufhielten, wann sie am schönsten blühten, alle diese kleinen Lieblinge, die ihm teurer wurden, als er damals erklären, als er je beschreiben konnte.

Bei all dieser Naturanbetung war er ein Unband, ein Wildfang, ein richtiger Junge, ängstlich bestrebt, ja nicht die leiseste Spur von Weichheit zu zeigen. Aber einmal verriet er ganz unversehens ein wenig von seiner wirklichen Natur. Es war ein Weihnachtsabend mit guter Schlittschuhbahn. Er war mit der Jugend der Umgegend auf dem See gewesen und hatte da ein kleines Abenteuer erlebt und sich infolgedessen verspätet. Als er endlich heimkam und in die gute Stube trat, wo die Weihnachtsgeschenke ausgebreitet waren und der Christbaum zum Anzünden bereitstand, waren die Eltern mißgestimmt. An diesem Abend hätte er doch die Kameraden rechtzeitig verlassen können; er wußte ja, daß sie hier daheim auf ihn warteten. Da mußte er ihnen denn erzählen, daß die Kinderschar draußen auf dem Eise einen Mann getroffen hatte, der schwer betrunken auf einem Schlitten saß und sicherlich in der Kälte erfroren wäre, wenn nicht er und noch ein paar Jungen ihn nach Hause geschleppt hätten. Aber es war ein langer Weg und eine schwere Ladung gewesen. Er hatte nicht früher kommen können. Darüber herrschte größere Freude daheim, als der Junge erwartet hätte. Der Weihnachtsabend wurde reicher, wärmer als je zuvor. Und das war ja auch nicht zu verwundern: die Eltern wußten ja schon, daß sie einen Sohn hatten, der ungewöhnlich reich begabt, geweckt, und klug war; aber daß dieser Wildfang auch Barmherzigkeit und Hilfsbereitschaft einem Unglücklichen gegenüber zeigen konnte, das hatten sie vielleicht kaum zu hoffen gewagt.

Als Gellerstedt elf Jahre alt war, kam er nach Arboga zur Schule. Aber er stellt sich selbst kein gutes Zeugnis aus, weder im Fleiß, noch im Betragen. In den Schulknaben hatte er gleichalterige Kameraden zum spielen, in den Lehrbuben gleichalterige Feinde zum raufen. – Das scheint zum mindesten in den ersten Schuljahren das Hauptergebnis gewesen zu sein. Im letzten Jahre in Arboga lernte er jedoch etwas von höchstem Wert, obgleich auch diese Erkenntnis nicht auf der Schulbank erworben wurde.

Im letzten Wintersemester – er war damals sicherlich nicht älter als fünfzehn Jahre – begegnete er eines Tages auf der Straße einem jungen Mädchen von ungefähr seinem eigenen Alter, sah ein schönes Gesicht, hörte eine wohlklingende Stimme ein paar Worte sagen und fühlte plötzlich, daß eine große, mächtige Veränderung in ihm vorgegangen war.

Er befand sich durchaus nicht im Zweifel, was es war, das sich begeben hatte, sondern wußte vom ersten Augenblick an, daß er jetzt verliebt war. Aber es fiel ihm deshalb nicht ein, zu versuchen, mit dem jungen Mädchen bekannt zu werden. Während des ganzen Semesters trieb er es nicht weiter, als in Erfahrung zu bringen, wo sie wohnte, um so oft als möglich an ihrem Fenster vorbei zu gehen und einen Blick auf sie zu erhaschen. Im Sommersemester kam er ihr jedoch ein wenig näher. Da gingen sie zusammen draußen in der Umgebung des kleinen Städtchens spazieren und pflückten Schlüsselblumen und gelbe Anemonen, wie es die jungen Leute damals zu tun pflegten. Und auf ihren Wink hörte er auf, mit den Lehrbuben zu raufen, Vogelnester zu plündern und derbe oder häßliche Worte zu gebrauchen. Von Liebe war zwischen ihm und »Ruth« keine Rede, aber sie wußte schon, wie es um ihn stand, und Freunde und Bekannte waren auch nicht im Unklaren darüber.

Am letzten Abend, den er in Arboga verlebte, veranstaltete ein barmherziger Freund eine kleine Bootsfahrt über den Fluß. Ruth und er und einige andere junge Leute wurden eingeladen. Bald glitten sie zwischen den üppig blühenden Flußufern unter einem herrlichen Abendhimmel dahin. Sie rissen Seerosenknospen aus dem Wasser, sie gingen ans Land und pflückten Blumen, sie sangen Lieder, sie lauschten dem Geigenspiel eines der Teilnehmer, sie scherzten und lachten, und Ruths schönes Gesicht erleuchtete das ganze Fest. Aber die Zeit verfloß rasch. Mitternacht begann heranzukommen, und sie mußten nach Hause zurückkehren. Gellerstedt führte die Ruder, und auf der Steuerbank ihm gegenüber saß Ruth und ordnete ein Sträußchen blauer Veronika, jene kleinen leicht abfallenden Blumen, die »Treue bis in den Tod« genannt werden. Wehmütig dachte er an all das, was er nun verlassen mußte. Er würde jetzt die Bücher beiseite legen und in die Welt hinausziehen, um Baumeister zu werden, wie der Vater, aber er wollte sich nicht damit begnügen, sich um Schleusen und Kanalufer zu kümmern, sondern er wollte gewaltige Bauten errichten, mit Türmen, so hoch wie die Kirchen Arbogas. Er war sehr froh, daß die Eltern ihm gestattet hatten, die Künstlerlaufbahn einzuschlagen. Aber es war noch weit bis zum Ziel. Er wußte nicht einmal, ob er an der Kunstakademie in Stockholm als Schüler aufgenommen werden würde. Das einzig Sichere war, daß alles hier nun ein Ende hatte. Schon morgen würde er weit weg von ihr sein, der er seine ganze Liebe geschenkt hatte.

Trauer und Sehnsucht erlangten plötzlich Macht über seine Schüchternheit. Gerade als die ersten Stadthäuser in Sicht kamen, stand er auf, ging zu Ruth hin, ergriff eine ihrer blauen Blumen und steckte sie in seine Brusttasche. Nichts sagte er, und nichts sagte sie, aber sie wurde so still und so schön. Die mit im Boot saßen, waren ein wenig gerührt und blieben alle stumm. Nur der kleine Geiger stimmte an: Weißt du wieviel Sterne stehen an dem blauen Himmelszelt ... In gewisser Weise wurde aus dem Ganzen nichts weiter. Es kam weder zur Verlobung noch zur Heirat; aber der feine Duft der ersten Jugendliebe blieb in der Seele des jungen Menschen, der in die Großstadt ziehen sollte, um dort das Glück zu suchen. Sie trug den Keim zur Reife und Entwicklung in sich. Sie war gerade zur rechten Zeit gekommen, um ein Schutz gegen Alles zu werden, was ihm an Schlechtigkeit und Laster begegnen sollte.

Auf dem Leuchtturmplatz der äußersten Klippe südlich von Karlskrona, ein paar nackten niedrigen Schären, die man vom Land aus kaum bemerken würde, wenn nicht auf der größten von ihnen ein kleiner Festungsposten stünde, wurde im Sommer 1870 ein neuer Leuchtturm gebaut. Der den Bau leitete, war ein junger Ingenieur, jetzt einige dreißig Jahre alt und seit fünf Jahren verheiratet. Schon seit 1864 hatte er die Aufsicht über die Bauten des Lotsen- und Leuchtturmamtes hier im Reiche.

Aber der hohe Leuchtturm war nicht das einzige Bauunternehmen, das in diesem Jahre draußen auf der Schäre in Gang war. Da gab es nämlich eine Menge Hausschwalben, die von den Insektenschwärmen der Tangbänke hingelockt worden waren, und zur rechten Zeit hatten diese angefangen, sich mit ihren Nestern zu befassen. Der junge Ingenieur hatte beobachtet, wie sie ihre kleinen Hängetürme an den Mauern des alten Turmes befestigten. Zuerst wurde ein Ring aus Lehm an die

Mauer festgeklebt. Er wuchs an, und bald sah man die Randung des Erdgeschosses. Aber weiter kam es auch nicht. Sobald eines der kleinen Schwalbennester halbfertig war, löste es sich von der Wand und fiel zu Boden.

So begab es sich mit einem Nest nach dem anderen. Kein einziges erlangte solche Haltbarkeit, daß es zur Verwendung kommen konnte. Den ganzen Sommer war bei den Schwalben auf der äußersten Klippe keine Rede von Eierlegen, geschweige denn von einer Aufzucht der Jungen.

Das war ein recht seltsames Vorkommnis und nicht leicht zu erklären. Die kleinen Baumeister verstanden ihre Sache wohl, aber vielleicht war mit dem Baumaterial, das dieses Jahr zur Verfügung stand, irgend etwas nicht in Ordnung.

Während der menschliche Baumeister, der auch hier draußen auf der Schäre arbeitete, dastand und zusah, wie die Nester der Schwalben zerfielen, dachte er an seines eigenen Glückes Haus, an dem er nun schon seit dem Aufbruch nach Stockholm, am Tage nach der lieblichen Bootsfahrt auf dem Arbogafluß zimmerte. Baute er es aus dem rechten Stoff? Würde es haltbar sein? Würde es ihn und was ihm zugehörte, tragen können? Vielleicht würde es auch zu Boden stürzen, bevor es mehr als halbfertig war?

Da war ja kein Zweifel, er hatte Erfolg gehabt. Ängstlich und verzagt war er vor dem Eisengitter der Kunstakademie gestanden, aber alles war gut gegangen, und er war in die Architektenklasse aufgenommen worden. Da hatte er die Führung eines so genialen Lehrers, wie Scholander genossen und die höchste Anerkennung errungen: die Medaille und das große Reisestipendium. Dann hatte er sich drei ganze Jahre im Ausland aufgehalten, hatte gesehen, genossen, studiert. Als er wieder heimkam, war er wohl vorbereitet, die schwindelnd hohen Kirchen und Schlösser zu bauen, von denen er in seiner Kindheit geträumt hatte, aber niemand hatte ihn zu solchen Aufgaben berufen. Um heiraten und einen Hausstand gründen zu können, hatte er sich um die Ingenieurstelle beim Lotsenamt beworben. Und nun fuhr er umher und baute Leuchttürme! Hieß das, das Glückshaus in der rechten Weise erbauen?

Noch tiefere Grübeleien bemächtigten sich seiner. Hatte er richtig gewählt, als er aus sich einen Architekten machte? Er konnte sich ein Leben ohne künstlerische Tätigkeit nicht denken, aber wenn nun in seinem Lande und in seiner Zeit kein Bedürfnis nach einem Baukünstler war – – –

Wenn er an die Jahre zurückdachte, wo seine Anlagen sich zuerst zu erkennen gegeben hatten, mußte er zugeben, daß viele Zeichen darauf deuteten, daß er zum Maler geboren war. Er hatte immer eine ausgesprochene Fähigkeit gehabt, das was er sah, fest und klar ins Auge zu fassen. Er hatte als Kind gezeichnet und gemalt und ja eigentlich nie ganz aufgehört mit Pinsel und Farben zu arbeiten. Vielleicht auch hätte er sich zum Dichter ausbilden können? Von Kindheit an war es so gewesen, daß er aus dem, was er sah, einen Sinn herauslesen wollte. Und hier draußen auf der Schäre hatte er sogar begonnen ein paar kleine Verse zu formen. Er hätte ja ebensogut einen dieser Kunstzweige wählen können. Der Maler und der Schriftsteller hatten es beide leichter als der Architekt, ihren Beruf auszuüben.

Man denke, wenn er nie dazu kam, etwas anderes zu bauen als Leuchttürme und Lotsenhütten! Es war ein Lebensunterhalt, und den Lebensunterhalt hatten auch die Schwalben hier auf der Schäre, aber den Glücksbau, der dem Leben erst Inhalt geben sollte, den vermochten sie nicht aufzurichten.

War er nicht auf einer entlegenen Klippe gelandet, einem Orte, den er des Auskommens wegen gewählt hatte, aber von dem er bald aufbrechen mußte, da dort soviel von dem fehlte, was für ihn das Wesentliche war?

Lange ging er in dieser Unruhe herum, aber eines Tages fand er eine Art Trost. Es war eine Kindheitserinnerung, die in ihm erwachte. Er entsann sich der großen alten Weiden, die an dem Ufer des dreihundertjährigen Kanals wuchsen. Sie waren ebenso groß wie alt, und eine jede von ihnen entsandte viele Stämme, einige über das Wasser hin, andere gerade zum Himmel hinauf, andere landeinwärts. Als Kind hatte er die Weiden als Brücken benützt, um sich zu den Seerosen hinauszuschlängeln, die draußen im Kanal blühten, und auf diese Art hatte er den Unterschied zwischen ihnen und anderen Bäumen sehen gelernt und sie lieber gewonnen als die übrigen. Andere Bäume hatten nur einen Stamm, aber die Weiden hatten viele, und das konnte doch nur ein Vorzug sein. Sie waren geduldig, man konnte ihnen so viele kleine Zweige abbrechen als man wollte, ohne daß es ihnen das mindeste anhatte. Dem Wasser waren sie zugetan und den Menschen auch: sie hielten sich immer an solchen Gewässern auf, wo auch Menschen gern wohnten und hausten. Aber da wollten sie ihren Platz für sich haben. Demütig und bescheiden waren sie: rings um sie, auf dem Lande wie im Wasser, konnte es wachsen und blühen. Dankbar waren sie, wenn man nur einen Versuch machte, sie zu pflanzen, gleich schlugen sie Wurzeln.

Nun dünkte es ihn, daß die Weiden ihn daran erinnerten, daß auch sie Bäume waren, wenn sie auch nicht mit einem einzigen Stamm in die Höhe schossen. Wurden sie gehemmt oder behindert, dann neigten sie sich und fügten sich, aber sie wuchsen darum doch. Warum sollte er es nicht ebenso machen? Sich damit begnügen, der Weidenbaum unter den Künstlern zu sein? Seiner Begabung das Recht geben, sich nach soviel Seiten auszustrecken, als sie es vermochte. Was bedeutete es, ob er ein hoher Baum wurde, wenn nur das Wesentliche, das Schaffens- und Dichterglück ihm nicht versagt blieb!

In der lieblichen Kindheitsheimat am Hjälmarekanal gab es etwas, das der Deutsche Hain hieß. Im Sommer war er ein weitgestrecktes, grünes Gewölbe, das auf schlanken Birkensäulen ruhte, im Frühling ein einziger, zusammenhängender Teppich von Leberblümchen. In demselben Jahre, in dem Gellerstedt das Elternhaus verließ, um seine Studien in Stockholm zu beginnen, war er in den Osterferien in diesen Hain gegangen und hatte große Mengen der kleinen Blümchen gepflückt. Er achtete darauf, daß er Blumen von allen Schattierungen bekam, hellblau, lilafarben und rötlich, er wußte ja so genau, wo er die einen wie die anderen finden sollte.

Mitten in seinem Sammeleifer blieb er ganz erstaunt vor ein paar weißen Blumenhügelchen stehen, die er noch nie bemerkt hatte. War es möglich, daß es hier in dem Hain eine Blumenart gab, die er noch nie gesehen hatte?

Es war auch keine neue Bekanntschaft. Es waren nur ein paar Leberblümchen, denen es aus dem einen oder anderen Anlaß beliebt hatte, sich in Weiß zu kleiden. Vielleicht nur, um sich besonders schön für ihn zu machen, der von Kindheit auf ihr Freund gewesen und nun allen Ernstes fortziehen sollte. Sie wußten wohl, wie wehmütig seine Gedanken, während er so im Hain umherwanderte, zur Heimat geschweift waren, zu Ruth, zu allem, was er nun verlassen sollte.

Es fehlte nicht viel, so hätte er geglaubt, daß es sich wirklich so verhielt, wenigstens konnte er seither nie die weißen Leberblümchen vergessen und die Freude und den Trost, den sie ihm geschenkt hatten.

Auch sah er keine anderen weißen Leberblümchen mehr, bis zum Frühling 1871, ganze neunzehn Jahre später. Auch da zu Ostern.

Das meiste, was ihm in der Zwischenzeit widerfahren war, war ja günstig gewesen – günstig auch in dem Sinne, daß er sich seine kindliche Lebensfreude bewahrt hatte. Aber in diesen Tagen hatte Kummer ihn heimgesucht, und eines Morgens war er so verzweifelt aus seinem Heim in Stockholm fortgegangen, daß er nicht einmal wußte, wohin er seine Schritte lenkte.

Doch einmal auf der Wanderung erwachte er plötzlich zu dem Bewußtsein, wo er sich befand. Er ging über den Heumarkt, und in der einen Ecke des Marktes hatte sich eine Menge armes Landvolk mit seinen Fuhren von Frühlingsgrün und Blumen niedergelassen. Es war vielleicht der wohlvertraute Duft des zarten Grüns, der ihn aus der Betäubung geweckt hatte.

Er hielt seine Schritte an, und sieh da! Da lagen gerade vor ihm zu oberst auf einer der kleinen Blumenpyramiden zwei Büschel weißer Leberblümchen.

Da waren sie wieder, da kamen sie jetzt, wie das erstemal, um ihm über einen schweren Abschied hinwegzuhelfen. Es wurde ihm wundersam zumute, wie immer, wenn man das Gefühl hat, daß uns die große Natur rings um uns, in der einen oder anderen Weise zeigen will, daß sie an unserem Schmerz oder an unserer Freude teilnimmt.

Ein paar Stunden später wurden die blauen Leberblümchen in den Sarg eines toten Knäbleins gelegt, der den Namen Sten getragen hatte. Er war ganz auf blaue Anemonen gebettet, aber unter seinen kleinen Patschhändchen ruhten die weißen Abschiedsblumen, die Trostblumen.

Und jetzt, wo Gellerstedt in sein Mannesalter getreten ist, finde ich plötzlich, daß meine Methode, ihn sein eigener Biograph sein zu lassen, ihre großen Schwierigkeiten hat. Denn was kann ich wohl nach seinen eigenen Büchern von seinem Leben und seiner Tätigkeit wiedergeben?

Ich kann vorerst einmal erzählen, daß er jetzt in seiner eigenen kleinen Steinvilla weit draußen in Östermalm wohnt, daß er davor ein Gärtchen angelegt hat, das mit seiner ellentiefen Gartenerde und seiner reichlichen

Sonne bald zu einem kleinen Paradies wird, daß der Garten von einem Staket umgeben ist, das von einem versoffenen Arbeiter angelegt wurde, dem Herrn des treuen Hundes Hektor. Ich kann erzählen, daß eine Drossel mit hohem weißem Stehkragen und schwarzem Ordensband über der Brust an Wintertagen zu kommen und an die Scheibe zu klopfen pflegt, um Geschäfte in Hanfsamen und Talg zu machen, daß eines Frühlings im Garten ein Nistkästchen aufgestellt wird, das nacheinander ein Gartenrotschwanz, der kein Weibchen findet, einnimmt, ein schwarzweißer Fliegenschnapper, dessen Schätzchen die Beute der Katze wird, und schließlich eine kranke Drossel, sicherlich ein lebensmüder, alter Einsiedler. Ich kann erzählen, wie der Nestplünderer der Sörmländer Wälder sich in einen Mann verwandelt hat, dessen schwerster Kummer es ist, ein Vogelnest zerstört zu sehen, wie aus dem fünfjährigen Schwärmer für einen rosigen Heckenrosenstrauch ein fanatischer Züchter und Verehrer der schönsten Edelrosen geworden ist. Ich kann von der Ninarose erzählen, von der Rose, die der »siebenarmige Leuchter« genannt wird. Das eine Rosenleben nach dem andern kann ich nach seiner Beschreibung wiedergeben. Ich kann von den flammenden Tulpen erzählen, von der genügsamen Kresse und der anhänglichen *Bellis perennis*, die in seinem Gärtchen gedeihen. Ich weiß, daß er wenigstens in den ersten Jahren seine Reisen noch fortsetzt und nach seinen Leuchttürmen sieht. Ich folge ihm nach Västergarn, zur Kapellenspitze, zu dem kleinen Leuchtturm im Kalmarsund, der wie ein »Nachtkästchenleuchter auf einem Glastablett« aussieht.

Ich weiß auch zu erzählen, wie die Großstadt sich immer drohender dem kleinen Gärtchen nähert, wie sie ihre hohen Häuser rings herum aufrichtet, ihre häßlichen Feuermauern. Da wird kein Pardon gegeben: die Rosen werden ihres Sonnenscheins beraubt, die Menschen ihres Behagens. Schließlich lebt man da wie auf dem Grund eines Steinbruchs, ohne Luft und Licht. Es bleibt nichts anderes übrig, als den lieben kleinen Besitz zu verkaufen und wegzuziehen. Der junge, vierzig Meter hohe Eschenbaum, den Gellerstedt selbst als dreijähriges Pflänzchen hingebracht hatte, muß vor der Axt fallen, während alles, das sich retten läßt, Edelrosen und Blumenzwiebeln, Flieder und Beerensträucher, Bekannten geschenkt oder auch in das »Sommerhäusel« gebracht werden, dem kleinen Fleckchen Erde auf der Värminsel, die er für fünfzig Jahre gepachtet hat.

Diese Übersiedlung aus dem entzückenden eigenen Heim in der Stadt fand im Jahre 1902 statt, und damit beginnt die Geschichte des »Sommerhäusels«. Da stand ursprünglich nur eine elende Taglöhnerhütte mit ein paar versandeten Feldern, die seit unvordenklichen Zeiten nur Kartoffeln getragen hatten; aber Gellerstedt errichtete da eine kleine Sommervilla und bepflanzte und besäte jeden Quadratzoll Erde. Wie genau hat er mich nicht mit dem Leben dort draußen in seinem stillen Altersheim vertraut gemacht! Ganz so, wie mit dem lieben Kindheitsheim! Da geht der fanatische Erdgräber Johann aus Kräklinge und bricht Steine aus dem Boden. Da geben die wilden Rosensträucher Proben ihrer wunderbaren Lebenskraft, da geht man und behütet die ungeschützten Nester der kleinen Gartensänger, da trauert man über die bösen Streiche des Eichelhähers und der Katze; da hört man den Krammetsvogel konzertieren, der ebensoviel von den anderen Vogelstimmen weiß, wie nur je Gellerstedt selbst. Da kriecht die Natter auf den Apfelbaum, da wird über alle Launen der Natur nachgegrübelt, da führt man genau Buch über die Leistungen der Edelrosen.

Über all dies weiß ich also ganz gut Bescheid, aber wie unglaublich viel sollte ich nicht außerdem wissen! Ich war selbst Gellerstedts Zeitgenossin, und ich erinnere mich, daß er eine Zeitlang Professor der Architektur an der technischen Hochschule war, eine Zeitlang Chef der Ober-Intendantur. Ich mußte ihn ja als einen hochgeschätzten Aquarellisten und Radierer nennen hören, ich weiß, daß er die Egon Lundgrensche Medaille bekommen hat, zum Mitglied der Akademie der freien Künste gewählt wurde und mehrere Jahre ihr Sekretär war. Und noch weniger kann es mir unbekannt geblieben sein, daß die Schwedische Akademie ihm den Karl-Johann-Preis für seine Gedichte zuerteilt hat und daß er im Jahre 1901 berufen wurde, ihrem Kreise anzugehören.

Aber wenn ich von dem alten Dichter noch mehr über all dies erfahren will, dann komme ich zu kurz. War er befriedigt? Trauerte er darüber, daß er fast gar nicht als schaffender Architekt hatte wirken können? Genügte es ihm, in seinem Hauptfach nur als Lehrer und Beamter zu arbeiten? Hat irgend etwas von seiner Saat von Ideen und Anregungen in unseren Tagen vielfältige und herrliche Früchte getragen?

Auch auf seine Malerausflüge kann ich ihm nicht folgen. Er ist der Maler der stillen alten Gäßchen gewesen, er hat ihre rasch verflüchtigte Schönheit vor der Vergessenheit gerettet. Aber über die Freude, die

Hingebung, mit der er diese Arbeit ausgeführt hat, hat er auch nicht viele Worte verloren.

Und seine Bücher! Ich habe vor mir vier Bände mit kleinen kurzen Gedichten, zwei Bände Prosastücke und den versifizierten Anfang einer Selbstbiographie, die nicht im Buchhandel erschienen ist. Was ist ihre Geschichte? War er ängstlich, er wie andere, als er sie in die Welt hinaussandte? Freute er sich über die Freunde, die sie ihm verschafften? Bemerkte er, daß eine Menge der Gedichte in Musik gesetzt wurden? Träumte er davon, einmal, wenn er zur Ruhe kam, größere Dinge zu vollbringen, die das Menschenherz tiefer ergreifen, die Lebensweisheit, die er in seinem langen Leben gesammelt, noch kräftiger einprägen sollten?

Er, der in drei Richtungen so Hohes erreichte, als ein Mensch sich nur wünschen kann, war er froh über die Art, wie er sein Pfund verwaltet hatte? War es ihm genug, der Weidenbaum mit den vielen Stämmen zu sein? Grübelte er nicht darüber nach, wie es gewesen sein könnte, wenn er mit gesammelter Kraft als ein einziger Stamm in die Höhe geschossen wäre?

Es sieht sogar aus, als hätte Gellerstedt das Gefühl gehabt, daß ein künftiger Biograph ihm diese und ähnliche Fragen stellen könnte. Er beginnt eines seiner Prosastücke mit dem Eingeständnis, daß er mit allerlei Auszeichnungen sehr verwöhnt wurde, und er verspricht, von einer davon zu erzählen, der ersten. Und nach diesem verheißungsvollen Anfang erfährt man, daß er im Alter von fünf Jahren von einer dankbaren Schultante mit einer Schachtel Zuckerplätzchen geehrt wurde. Es ist beinahe, als wollte er sich auf Kosten des armen Nachfolgers lustig machen. –

Es war in dem kalten und verspäteten Frühling 1906. Gellerstedt und seine Frau waren nach Paris gefahren. Sie hatten dort ein paar Wochen verlebt, und nun, anfangs Juni, befanden sie sich auf der Heimreise. Und schlechter Laune war er. Mit nichts dort draußen war er zufrieden gewesen. Er hatte sich über alles geärgert, über Toiletten wie über Gesichter, über Blumenbeete wie über Kunstwerke. Die ganze Reise, insoweit sie ein Vergnügen sein sollte, war mißlungen.

Er wollte es nicht gerade heraus sagen, aber die Mißstimmung kam vielleicht hauptsächlich daher, daß es ihn verdroß, Mai und Juni von seinem Gärtchen ferne zu sein.

Im Lauf all der Jahre hatte wohl vieles andere an Interesse verloren, die Liebe für die Blumen und Vögel aber hatte sich nur vertieft. Und gerade zu der Jahreszeit wegreisen zu müssen, wo sie ihm die meiste Freude machten, das hatte er nicht mit Geduld tragen können.

Ganz Paris war nicht einen Tag im »Sommer-Häusel« wert!

Aber was für eine Freude hatte er davon, heuer hin zu kommen? Das Feuer der Tulpen war erloschen, der Schnee der Apfelblüten befleckt, der Balsam des Flieders vom Winde verweht.

Nun war er endlich auf dem Heimweg. Er wird von der Sehnsucht vorwärts gejagt, ohne doch viel zu erhoffen. Er läßt sich weder in Kopenhagen noch in Lund aufhalten. Erst als er vor dem Zentralbahnhof in Stockholm steht, atmet er ein wenig auf. Es sieht ja aus, als wäre der Frühling hier daheim noch nicht so ganz vorbei, obgleich man schon den 10. Juni schreibt.

Ohne Aufenthalt wandern er und seine Frau zum Dampfschiff hinunter, um zum Sommerhäusel hinauszufahren.

Da erwartet sie eine große Überraschung. Nichts ist verblüht – im Gegenteil. Gleich hinter dem Gitter steht der große Fliederbaum »Ludwig Späth« so beladen mit dunkellila Blütentrauben, daß er sich zu Boden neigt. Und drinnen im Garten blüht der persische Flieder sich schier zu Tode, die Fackeln der Tulpen leuchten in den Beeten, die Apfelblüten liegen wie ein dünner Schleier über den Bäumen, die *Bellis* strahlt auf den Kieswegen, das Gras leuchtet hellgrün, der Klee errötet. Alles ist auf einmal gekommen, ohne Ordnung, wie es manchmal sein kann, wenn der Frühling sich verspätet hat.

Es ist schon der Mühe wert, eine Pariser Reise zu machen, um zu solch einer Blütenfreude und Blütenpracht heimzukommen. Mißstimmung und Alter ist vergessen, als er umhergeht und das ganze lächelnde Reich inspiziert. Die Stockrosen haben sich so ziemlich gehalten, im Johannisbeerstrauch ist ein Vogelnest, die Klematisranke hat wieder einmal die Beschwerden des Winters überlebt, der weiße Riesenrosenstock verspricht ebenso reich zu blühen wie im vergangenen Jahr.

Mir ist es so ergangen, daß von allem, was Gellerstedt geschrieben hat, diese Heimkehr zu dem blühenden Sommersitz sich meiner Erinnerung am tiefsten eingeprägt hat. Vielleicht, daß andere dieselbe Erfahrung gemacht haben.

Man muß daran denken, daß er ein siebzigjähriger Mann war, als dies sich zutrug, und daß seine Naturanbetung ebenso warm war wie nur je.

Man beginnt zu verstehen, daß nichts Zufälliges darin liegt, wenn er so vieles aus seinem Leben stumm übergeht. Er spricht und dichtet nur von dem, was seine höchste Liebe besessen hat. Nicht die Wechselfälle des Menschenlebens, sondern die der Natur haben ihn gefesselt. Ihr Reichtum oder ihre Armut, ihre Gaben, ihre Rätsel haben sein Herz in Schwingung versetzt.

Man blättere nur ein wenig in seiner Dichtung! Er spricht vom Rotschwanz, von der Lerche, der Bastard-Nachtigall; mindestens ein halbes Hundert seiner kleinen Gedichte ist verschiedenen Arten von Vögeln gewidmet. Blumen und Bäume haben noch mehr erhalten; wohin man blickt, begegnen einem die Bilder aus der Welt der Natur. Er besingt das Wasser in all seinen Erscheinungsformen, als Meer wie als Tautropfen. Er besingt das Licht, wie es uns von der heiteren Frühlingssonne entgegenströmt und vom bleichen Herbstmond.

Das Menschenleben ist nicht ganz und gar vergessen, aber welch verhältnismäßig geringer Teil fällt doch auf sein Los! Da sind vor allem Stens zehn kleine Lieder, einige Liebesgedichte an seine Frau, einige Gelegenheitsverse an Freunde und Bekannte, einige kleine Lieder von verschiedenem Inhalt.

Und man kann die Beobachtung machen, daß die Menschen, über die er spricht, meist etwas mit seiner großen Liebe zu tun haben. Es sind Gärtner, Rosenzüchter, Vogelkenner.

Andererseits vergißt er ja uns arme Menschen nicht ganz und gar, wenn er seine Lieblinge in der freien Natur besingt. Er hat etwas von einem pflanzenkundigen Arzt, der die Kräuter des Bodens sammelt, um heilende Salben und gesundheitsbringende Tränklein daraus zu bereiten. Aus jeder kleinen Blume weiß er eine Lehre zur Labung für kranke und ängstliche Menschengemüter zu pressen.

Es unterliegt wohl keinem Zweifel, daß er der Welt der Natur bei weitem den Vorzug vor der der Menschen gab, er fand sie gerechter, weiser und schöner. Und sie belohnte ihn herrlich für all seine Liebe. Da sein Reich nicht von derselben Welt war wie das aller anderen, konnte er so wundersam geschützt und verehrt seine Wege gehen ohne Neider und Verleumder. Die jagende Unruhe vor der Zukunft konnte nie Wurzel bei Einem schlagen, der seine größte Ehre darein setzte, wenn es ihm gelang, eine Rose zu pfropfen. Hoheit und Glanz vermochte ein Herz nicht zu blenden, das es sich als das schönste Los erträumte, einmal als gelbgefiederter Sänger hieher zurückzukehren und sein Nest in der Krone eines reichblühenden, dichtbelaubten Rosenstocks zu bauen.

Aber es ist vielleicht unrecht, zu starke Worte zu gebrauchen. Es währte nicht lange, so zeigte es sich, wer doch die größte Macht über Gellerstedt hatte, wer im tiefsten Innern seines Herzens wohnte.

In »Alte Weisen« steht ein kleines Gedicht, das »Nur du!« heißt, und das lautet so:

Gält es über sanfte Wellen
Heiter nur dahin zu gleiten,
Wollt' ich manchem Frohgesellen
Platz in meinem Kahn bereiten.

Doch auf wilden Stromesschnellen
Kannst nur Du das Boot geleiten,
Wie auch Gott die Fahrt mag stellen,
Du bleibst treu an meiner Seiten.

Das war zu seiner Frau gesagt, und es war im Ernst gesagt.

Wie ernst es gemeint war, wußte vielleicht weder er noch sie, bis die Stunde kam, wo sie scheiden mußten.

Es war im Jahre 1912, als Gellerstedt seine getreue alte Lebensgefährtin verlor, und seither konnte er sich im Leben nicht zurechtfinden. Rosen und Vöglein waren noch da, die Sonne glitzerte wie früher auf den Wellen der Salzsee vor dem »Sommerhäusel«, aber er konnte nicht dieselbe Freude an all dem empfinden. Der Tag wurde lang und freudlos, die Arbeit schwer und quälend. Es war keine Widerstandskraft mehr in ihm gegen Altersschwäche und Krankheit, und als der Tod kam, am 7. April 1914, da war er froh, über die dunklen Pfade von hinnen zu wandern, auf denen er hoffen konnte, mit der Vermißten wieder vereinigt zu werden.

Mamsell Friederike

Es war Weihnachtsnacht, eine richtige Julnacht.

Die Wichtelmännchen stellten die Steinplatten auf hohe Goldpfeiler und feierten das Fest der Wintersonnenwende. Der Hauskobold tanzte mit einer neuen, roten Mütze um die Weihnachtsgrütze. Alte Götter zogen in grauen Wettermänteln am Himmel hin, und auf dem Österhaninger Kirchhofe stand das Helroß. Es scharrte mit dem Hufe in dem gefrorenen Boden und bezeichnete den Platz für ein neues Grab.

Nicht weit davon, auf dem alten Gutshofe Arsta, lag Mamsell Friederike im Schlafe. Arsta ist, wie man weiß, ein altes Spukschloß, aber Mamsell Friederike schlief fest und ruhig. Sie war jetzt alt und recht müde von vielen schweren Arbeitstagen und vielen, vielen Reisen – sie war ja beinahe rund um die Erde gefahren. Deshalb war sie nun in das Heim ihrer Kindheit zurückgekehrt, um dort Ruhe zu haben.

Vor dem Schlosse ertönte in der Nacht eine kecke Fanfare. Der Tod hatte sein graues Roß bestiegen und war vor das Schloßtor geritten. Sein weiter Scharlachmantel und die stolze Hutfeder flatterten im Nachtwinde. Der gestrenge Ritter wollte ein schwärmerisches Herz bezwingen, deshalb trat er in seltenem Staate auf. Vergebene Müh', Herr Ritter, vergebene Müh'! Das Tor ist verschlossen, und deine Herzensdame schläft. Eine bessere Gelegenheit mußt du suchen und eine passendere Zeit. Paß ihr auf, wenn sie zur Frühpredigt fährt, gestrenger Herr Ritter, erwarte sie auf dem Wege zur Kirche!

Die alte Mamsell Friederike schlief ruhig in ihrer geliebten Wohnung. Niemand hatte die Süßigkeit der Ruhe besser verdient als sie. Wie ein Weihnachtsengel saß sie eben noch in einem Kreise von Kindern und erzählte ihnen von Jesus und den Hirten, erzählte ihnen davon, bis ihre Augen strahlten und ihr ganzes Gesicht wie verklärt aussah. Jetzt in ihren alten Tagen hatte auch keiner mehr etwas an Mamsell Friederikes Aussehen auszusetzen. Wer die kleine, zierliche Gestalt, die feinen Händchen und das kluge, freundliche Gesicht sah, hätte, im Gegenteil, den Anblick gern als die schönste Erinnerung im Gedächtnisse festgehalten. In Mamsell Friederikens großem Zimmer lag zwischen vielen Reliquien und Andenken ein dürres Büschlein. Es war die von ihr aus dem fernen Morgenlande mitgebrachte Jerichorose. Jetzt in der Weihnachtsnacht begann die Blume ganz von selbst zu blühen. Die dürren Zweige bedeckten rote Knospen, die wie Feuerfunken glühten und das ganze Zimmer erhellten.

Beim Scheine der Funken sah man, daß eine kleine, zierliche, aber recht bejahrte Dame in dem großen gelben Lehnstuhle saß und Cercle hielt. Mamsell Friederike konnte es nicht sein, denn sie lag ruhig schlafend in ihrem Bette, und doch war sie es. Sie saß dort, um ihre Erinnerungen zu empfangen; das Zimmer war voll von ihnen. Menschen, Häuser, Gegenstände, Gedanken und Diskussionen schwebten heran. Kindheits- und Jugenderinnerungen, Liebe und Tränen, Ehrenbezeigungen und bitterer Hohn, alles sauste auf die bleiche Gestalt zu, die von ihrem Platze aus alles mit gutmütigem Lächeln betrachtete. Für alle hatte sie ein scherzendes oder wehmütiges Wort. Die Nacht gibt allen Dingen ihre wahre Gestalt und Form. Und wie man erst nachts die Sterne des Himmels sehen kann, so sieht man dann auch auf Erden vieles, was man bei Tage nie erblickt. So konnte man auch jetzt beim Scheine der roten Knospen der Jerichorose in Mamsell Friederikens Salon eine Menge seltsamer Gestalten sehen. Dort stand die steife »ma chère mère«, die gutmütige Beate Alltag, Menschen aus dem Morgen- und Abendlande, die schwärmerische Nina und die energische Bahnbrecherin Herta in ihrem weißen Kleide.[1]

»Kann mir jemand sagen, weshalb die Person immer weißgekleidet sein muß?« scherzte die kleine Gestalt im Lehnstuhle, als sie Herta erblickte.

Doch alle Erinnerungen redeten mit der Alten. »Sieh«, sagten sie, »wieviel hast du gesehen und erfahren, wieviel hast du ausgerichtet und genützt! Bist du nicht müde, willst du nicht zur Ruhe gehen?«

»Noch nicht«, antwortete das Schattenbild im gelben Lehnstuhle. »Ein Buch muß ich noch schreiben. Ich kann nicht eher zur Ruhe gehen, als bis es fertig ist.«

Damit verschwanden die Schatten. Die Jerichorose erlosch, und der gelbe Lehnstuhl stand leer.

In der Österhaninger Kirche feierten die Toten Mitternachtsgottesdienst. Einer von ihnen stieg zu den Glocken hinauf und läutete das Weihnachtsfest ein, ein zweiter ging umher und zündete die Weihlichter

---

1   Heldinnen aus Friederike Bremers Romanen.

an, und ein dritter begann mit Knochenfingern auf der Orgel zu spielen. Durch die geöffneten Türen kamen die übrigen aus der Nacht und den Gräbern in dichtgedrängten Scharen in das hellerleuchtete Gotteshaus hinein. Sie sahen gerade so aus wie hier im Leben, nur ein wenig bleicher. Sie öffneten die Türen der Stühle mit klirrenden Schlüsseln und steckten flüsternd die Köpfe zusammen, als sie den Mittelgang hinaufgingen.

»Sie hat den Armen all die Lichter geschenkt, die jetzt im Hause des Herrn strahlen.« – »Wir liegen warm in unsern Gräbern, solange sie den Armen Kleider und Brennholz gibt.«

»Seht, sie hat so viele Kraftworte, welche Menschenherzen geöffnet haben, gesprochen, und jene Worte sind unsre Stuhlschlüssel!«

»Sie hat schöne Gedanken von Gottes Liebe gedacht. Diese Gedanken heben uns aus den Gräbern.«

So raunten und flüsterten sie, ehe sie sich in die Stühle setzten und die bleiche Stirn zum Gebete auf die dürren Hände herabsenkten.

Auf Arsta aber trat jemand in Mamsell Friederikens Zimmer und legte freundlich die Hand auf den Arm der Schlafenden.

»Auf, meine Friederike! Es ist Zeit, zum Frühgottesdienste zu fahren.«

Die alte Mamsell Friederike schlug die Augen auf und sah ihre geliebte verstorbene Schwester Agathe mit einem Lichte in der Hand vor dem Bette stehen. Sie erkannte sie gleich, da jene noch geradeso aussah wie hier auf Erden. Mamsell Friederike erschrak nicht, sie freute sich nur, die Teure zu sehen, an deren Seite sie gern im langen Todesschlafe ruhen wollte. Sie stand auf und kleidete sich in großer Eile an. Zur Unterhaltung war keine Zeit, der Wagen stand vor der Tür. Die anderen mußten schon abgefahren sein, denn es regte sich nichts weiter im Hause als Mamsell Friederike und ihre tote Schwester.

»Erinnerst du dich noch, Friederike«, sagte die Schwester, als sie eingestiegen waren und rasch nach dem Kirchdorfe fuhren, »erinnerst du dich noch, wie du früher stets erwartetest, irgendein Ritter werde dich auf dem Wege zur Kirche entführen?«

»Das erwarte ich noch immer«, antwortete Mamsell Friederike lachend. »Jedesmal, wenn ich diesen Weg fahre, schaue ich nach meinem Ritter aus.«

Trotz ihrer Eile kam sie doch zu spät. Der Prediger verließ gerade die Kanzel, als sie in die Kirche traten, und der Schlußgesang begann.

Nie hatte Mamsell Friederike so herrlich singen hören. Es war, als stimmten Erde und Himmel in den Gesang ein, als sängen jede Bank, jeder Stein und jede Planke mit.

Nie hatte sie die Kirche so überfüllt gesehen, auf dem Altarrunde und auf der Kanzeltreppe saßen Leute, sie standen in den Gängen, sie drängten sich in den Stühlen, und draußen stand der ganze Weg voller Menschen, die nicht mehr hinein konnten. Die Schwestern fanden jedoch Platz; sie ließ die Menge durch.

»Friederike«, sagte die Schwester, »sieh dir die Leute an!«

Und Mamsell Friederike tat es und sah sie an.

Da wurde sie gewahr, daß sie, wie jenes Weib im Märchen, zum Gottesdienste der Toten gekommen war. Sie fühlte, wie ein kalter Schauder sie durchrieselte, aber es ging ihr jetzt wieder so, wie schon so oft im Leben, sie spürte mehr Neugierde, wie Furcht.

Und nun sah sie, wer in der Kirche war. Lauter weibliche Wesen waren da: graue, gebeugte Gestalten mit runden Kragen und verblichenen Mantillen, Hüten, die von vergangener Pracht erzählten, und gekehrten oder unten durchgestoßenen Kleiderröcken. Sie sah ungeheuer viele runzlige Gesichter, eingefallene Münder, trübangelaufene Brillen und welke Hände, aber dennoch keine einzige Hand, die einen Trauring trug.

Jetzt wußte Mamsell Friederike Bescheid. Es waren alle die entschlafenen alten Jungfern des Schwedenlandes, die Mitternachtsgottesdienst in der Österhaninger Kirche feierten.

Da beugte ihre tote Schwester sich zu ihr.

»Schwester, bereust du, was du für diese, deine Schwestern, getan hast?«

»Nein«, antwortete Mamsell Friederike. »Worüber kann ich froh sein, wenn nicht darüber, daß es mir vergönnt war, für sie zu arbeiten. Ich opferte ihnen einmal mein ganzes Ansehen als Schriftstellerin. Ich freue mich, daß ich wußte, was ich opferte, und es doch tat.« – »So kannst du hierbleiben und weiter hören«, sagte die Schwester.

In demselben Augenblicke hörte man hinten auf dem Altarrunde eine sanfte, aber deutliche Stimme sprechen.

»Meine Schwestern«, sagte die Stimme, »unser bedauernswertes Geschlecht, unser unwissendes, verspottetes Geschlecht wird bald nicht mehr zu finden sein. Gott hat gewollt, daß wir aussterben.

Liebe Freundinnen, bald werden wir nur noch eine Sage sein. Das Maß der alten Jungfern ist voll. Draußen auf dem Kirchwege reitet der Tod, um die letzte von uns zu treffen. Vor dem nächsten Mitternachtsgottesdienste ist sie tot, die letzte alte Jungfer.

Schwestern, Schwestern! Wir waren die Einsamen auf der Erde. Die Zurückgesetzten beim Gastmahle und die Dienenden im Hause, denen keiner je dankte. Um uns her war Hohn und Lieblosigkeit. Unser Weg war schwer, und unser Name wurde zum Spott.

Doch Gott hat sich erbarmt.

Einer von uns gab Er Kraft und Geist. Einer von uns gab Er nie versiegende Güte. Einer gab Er die herrliche Gabe des Wortes. Sie wurde alles, was wir hätten sein sollen. Sie brachte Licht in unser dunkles Geschick. Sie wurde, gleich uns, eine Dienerin des Hauses, aber sie schenkte ihre Gaben tausend Häuslichkeiten. Sie war, wie wir, die Pflegerin der Kranken, doch sie kämpfte gegen die gewaltigste Krankheit, das Vorurteil. Tausenden von Kindern erzählte sie ihre Märchen. In allen Ländern hatte sie ihre armen Freunde. Sie gab aus volleren Händen und mit wärmerem Gemüte als wir. In ihrem Herzen lebte nichts von unserer Bitterkeit, denn diese hat sie durch Liebe vertrieben. Ihre Ehre glich der einer Königin. Millionen von Herzen entrichteten ihr die Steuer der Dankbarkeit. Ihre Worte sind in den großen Fragen der Menschlichkeit schwerwiegend gewesen. Ihr Name erklang durch die neue und die alte Welt. Und doch ist sie nur eine alte Jungfer.

Sie hat die Erklärung für ihr dunkles Geschick gefunden. Gesegnet sei ihr Name!« –

Und die Toten stimmten wie ein tausendfältiges Echo ein: »Gesegnet sei ihr Name!« –

»Schwester«, flüsterte Mamsell Friederike, »kannst du ihnen nicht verbieten, mich armes, sündiges Menschenkind hochmütig zu machen?«

»Aber Schwestern, Schwestern«, fuhr die Stimme fort, »sie hat sich mit all ihrer großen Macht gegen unser Geschlecht gewandt. Bei ihrem Rufe nach Freiheit und Arbeit für alle sind die alten verspotteten Dulderinnen ausgestorben. Sie hat die Schranken der Tyrannei, welche die Kinder umgaben, niedergerissen. Sie hat die jungen Mädchen in die volle Tätigkeit des Lebens versetzt. Sie hat der Einsamkeit, Unwissenheit und Freudlosigkeit ein Ende gemacht. Es wird keine unglücklichen, verachteten alten Jungfern ohne Beruf und Lebensaufgabe mehr geben, solche, wie wir gewesen, werden nicht mehr zu finden sein.«

Wieder ertönte das Echo der Schatten, jubelnd wie Jägergesang im Walde, jauchzend wie eine fröhliche Kinderschar: »Gesegnet sei ihr Andenken!«

Dann strömten die Toten aus der Kirche, und Mamsell Friederike wischte sich eine Träne aus dem Auge.

»Ich begleite dich nicht nach Hause«, sagte ihre tote Schwester. »Willst du nicht auch gleich hier draußen bleiben?«

»Ich möchte es schon, aber ich kann nicht. Ich muß noch erst ein Buch vollenden.«

»Nun, dann gute Nacht und hüte dich vor dem Ritter auf dem Kirchenwege«, sagte die tote Schwester mit ihrem alten, schelmischen Lächeln.

Darauf fuhr Mamsell Friederike nach Hause. Ganz Arsta schlief noch, und sie ging leise auf ihr Zimmer, legte sich wieder hin und schlief noch einmal ein.

Einige Stunden später fuhr sie zu der wirklichen Frühpredigt. Sie fuhr in einem geschlossenen Wagen, aber sie ließ das Fenster herunter, um die Sterne sehen zu können, doch es ist auch möglich, daß sie nach ihrem Ritter ausschaute.

Und da war er, da sprengte er an das Wagenfenster. Prächtig saß er auf seinem sich bäumenden Rosse. Der Scharlachmantel flatterte im Winde. Sein bleiches Antlitz war streng, aber schön.

»Willst du mein sein?« flüsterte er.

Hingerissen war sie in ihrem alten Herzen von der hohen Gestalt mit der wallenden Feder. Sie vergaß, daß sie ja noch ein Jahr leben mußte.

»Ich bin bereit«, flüsterte sie.

»Dann komme ich in einer Woche nach dem Gute deines Vaters, um dich zu holen.«

Er beugte sich nieder, küßte sie und verschwand; sie aber begann unter dem Kusse des Todes zu frieren und zu zittern.

Eine kleine Weile darauf saß Mamsell Friederike in der Kirche auf demselben Platze, auf dem sie als Kind gesessen. Hier vergaß sie sowohl den Ritter und die Gespenstererscheinungen und saß in dem Gedanken an die Offenbarung der Herrlichkeit Gottes vor stiller Begeisterung lächelnd da.

Doch entweder war sie müde, weil sie nicht die ganze Nacht hatte schlafen können, oder die Wärme, die drückende Luft und der Rauch von den Kerzen übten auf sie, wie auf so manchen andern, eine einschläfernde Wirkung aus. Sie schlummerte ein, nur eine Sekunde, sie konnte wirklich nichts dafür.

Vielleicht hatte Gott ihr auch das Tor des Traumlandes öffnen wollen.

In der einen Sekunde, die sie schlummerte, sah sie nun ihren strengen Vater, ihre hübsche, elegante Mutter und die häßliche kleine Petrea dort in der Kirche sitzen. Und die Seele des Kindes war von einer Angst zusammengepreßt, die größer war, als je ein Erwachsener sie empfunden. Auf der Kanzel stand der Prediger und redete von dem strengen, strafenden Gotte, und das Kind saß bleich und zitternd da, als seien die Worte Messerstiche und gingen durch sein Herz.

»Oh, welch ein Gott, welch ein schrecklicher Gott!«

In der nächsten Sekunde war sie wieder wach, aber sie zitterte und bebte ebenso wie nach dem Kusse des Todes auf dem Kirchenwege. Ihr Herz lag noch einmal in den Banden des leidenschaftlichen Kummers ihrer Kinderjahre.

Sie hatte es auf einmal so eilig, daß sie die Kirche am liebsten verlassen hätte. Sie mußte heim, um ihr Buch zu schreiben, ihr herrliches Buch von Gottes Liebe und Frieden.

Nichts, was jetzt noch erwähnenswert scheinen könnte, passierte Mamsell Friederike vor der Neujahrsnacht. Leben und Tod herrschten, ebenso wie Tag und Nacht, in stiller Eintracht während der letzten Woche des Jahres auf Erden, doch als die Neujahrsnacht kam, ergriff der Tod das Zepter und verkündete, daß die Mamsell Friederike jetzt ihm gehöre.

Hätte man dies nur gewußt, so würde das ganze schwedische Volk wohl in gemeinsamem Gebete Gott angefleht haben, seinen reinsten Geist und sein wärmstes Herz behalten zu dürfen. Dann würde in verschiedenen Ländern, wo sie liebende Herzen hinterlassen, in manchem Heim in Angst und Sorge gewacht worden sein. Dann hätten die Armen, die Kranken und die Bedürftigen der eigenen Not über der ihren vergessen, und dann würden alle die Kinder, die unter dem Segen ihrer Wohltat aufgewachsen, ihre Hände faltend, um noch ein Jahr für ihre beste Freundin gebeten haben. Ein Jahr noch, damit sie ihrer Lebenstat volle Klarheit geben und ihr den Schlußstein einfügen könne.

Denn der Tod kam für Mamsell Friederike zu schnell.

Sturm tobte draußen in der Neujahrsnacht, Sturm war in ihrem Innern. Sie fühlte in sich alle Qualen des Lebens und des Todes sich brechen.

»Angst!« seufzte sie. »Angst.«

Doch die Angst wich, der Friede kam, und sie flüsterte leise: »Christi Liebe – beste Liebe – Gottes Friede – das ewige Licht!«

Ja, darüber hatte sie in ihrem Buche schreiben wollen und vielleicht noch über vieles andre ebenso Schöne und Herrliche. Wer weiß? Wir wissen nur eines, nämlich, daß Bücher vergessen werden, ein Leben wie ihres aber nie.

Die Augen der alten Seherin schlossen sich, sie versank in Visionen.

Ihr Körper rang mit dem Tode, aber sie wußte nichts davon. Ihre Angehörigen saßen weinend am Sterbebette, aber sie sah sie nicht. Ihr Geist hatte seine Flucht angetreten.

Jetzt wurden die Träume für sie Wirklichkeit und die Wirklichkeit ein Traum. Jetzt stand sie, wie sie sich schon in ihrem Jugendtraum gesehen, inmitten unzähliger Scharen von Toten wartend vor der Himmelstür. Und der Himmel öffnete sich. Er, der Einzige, der Seligkeitbringende stand in dem offnen Himmelstore. Und seine unendliche Liebe erweckte in den wartenden Geistern und in ihr die Sehnsucht, in seine Arme zu fliegen, und diese Sehnsucht trug jene und sie, so daß sie wie auf Flügeln emporschwebten, aufwärts, aufwärts!

Am nächsten Tage herrschte Trauer im Schwedenlande, Trauer über große Teile der Erde.

Friederike Bremer war tot.

Erzählungen der Frühromantik

1799 schreibt Novalis seinen Heinrich von Ofterdingen und schafft mit der blauen Blume, nach der der Jüngling sich sehnt, das Symbol einer der wirkungsmächtigsten Epochen unseres Kulturkreises. Ricarda Huch wird dazu viel später bemerken: »Die blaue Blume ist aber das, was jeder sucht, ohne es selbst zu wissen, nenne man es nun Gott, Ewigkeit oder Liebe.«

Tieck Peter Lebrecht **Günderrode** Geschichte eines Braminen **Novalis** Heinrich von Ofterdingen **Schlegel** Lucinde **Jean Paul** Des Luftschiffers Giannozzo Seebuch **Novalis** Die Lehrlinge zu Sais
ISBN 978-3-8430-1878-4, 416 Seiten, 29,80 €

Erzählungen der Hochromantik

Zwischen 1804 und 1815 ist Heidelberg das intellektuelle Zentrum einer Bewegung, die sich von dort aus in der Welt verbreitet. Individuelles Erleben von Idylle und Harmonie, die Innerlichkeit der Seele sind die zentralen Themen der Hochromantik als Gegenbewegung zur von der Antike inspirierten Klassik und der vernunftgetriebenen Aufklärung.

Chamisso Adelberts Fabel **Jean Paul** Des Feldpredigers Schmelzle Reise nach Flätz **Brentano** Aus der Chronika eines fahrenden Schülers **Motte Fouqué** Undine **Arnim** Isabella von Ägypten **Chamisso** Peter Schlemihls wundersame Geschichte **Hoffmann** Der Sandmann **Hoffmann** Der goldne Topf
ISBN 978-3-8430-1879-1, 408 Seiten, 29,80 €

Erzählungen der Spätromantik

Im nach dem Wiener Kongress neugeordneten Europa entsteht seit 1815 große Literatur der Sehnsucht und der Melancholie. Die Schattenseiten der menschlichen Seele, Leidenschaft und die Hinwendung zum Religiösen sind die Themen der Spätromantik.

Brentano Die drei Nüsse **Brentano** Geschichte vom braven Kasperl und dem schönen Annerl **Hoffmann** Das steinerne Herz **Eichendorff** Das Marmorbild **Arnim** Die Majoratsherren **Hoffmann** Das Fräulein von Scuderi **Tieck** Die Gemälde **Hauff** Phantasien im Bremer Ratskeller **Hauff** Jud Süss **Eichendorff** Viel Lärmen um Nichts **Eichendorff** Die Glücksritter
ISBN 978-3-8430-1880-7, 440 Seiten, 29,80 €

Erzählungen aus dem Biedermeier

Biedermeier - das klingt in heutigen Ohren nach langweiligem Spießertum, nach geschmacklosen rosa Teetässchen in Wohnzimmern, die aussehen wie Puppenstuben und in denen es irgendwie nach »Omma« riecht.

Zu Recht. Aber nicht nur.

Biedermeier ist auch die Zeit einer zarten Literatur der Flucht ins Idyll, des Rückzuges ins private Glück und der Tugenden. Die Menschen im Europa nach Napoleon hatten die Nase voll von großen neuen Ideen, das aufstrebende Bürgertum forderte und entwickelte eine eigene Kunst und Kultur für sich, die unabhängig von feudaler Großmannssucht bestehen sollte.

Georg Büchner Lenz **Karl Gutzkow** Wally, die Zweiflerin **Annette von Droste-Hülshoff** Die Judenbuche **Friedrich Hebbel** Matteo **Jeremias Gotthelf** Elsi, die seltsame Magd **Georg Weerth** Fragment eines Romans **Franz Grillparzer** Der arme Spielmann **Eduard Mörike** Mozart auf der Reise nach Prag **Berthold Auerbach** Der Viereckig oder die amerikanische Kiste

ISBN 978-3-8430-1884-5, 444 Seiten, 29,80 €

Erzählungen aus dem Biedermeier II

Annette von Droste-Hülshoff Ledwina **Franz Grillparzer** Das Kloster bei Sendomir **Friedrich Hebbel** Schnock **Eduard Mörike** Der Schatz **Georg Weerth** Leben und Taten des berühmten Ritters Schnapphahnski **Jeremias Gotthelf** Das Erdbeerimareili **Berthold Auerbach** Lucifer

ISBN 978-3-8430-1885-2, 440 Seiten, 29,80 €

Erzählungen aus dem Biedermeier III

Eduard Mörike Lucie Gelmeroth **Annette von Droste-Hülshoff** Westfälische Schilderungen **Annette von Droste-Hülshoff** Bei uns zulande auf dem Lande **Berthold Auerbach** Brosi und Moni **Jeremias Gotthelf** Die schwarze Spinne **Friedrich Hebbel** Anna **Friedrich Hebbel** Die Kuh **Jeremias Gotthelf** Barthli der Korber **Berthold Auerbach** Barfüßele

ISBN 978-3-8430-1886-9, 452 Seiten, 29,80 €